Auch Engel
lachen gerne weiter!

Seite 14.
Seite 24.
S. 37
S. 35

Impressum

Illustrationen: Peter Meissner
Verleger und Herausgeber:
Kral-Verlag - Anton Kral GmbH (Inh. Robert Ivancich)
Kennedyplatz 2, A-2560 Berndorf
Tel.: (0043) 2672-82236, Fax (0043) 2672-82236-4
buch@kral-berndorf.at www.kral-verlag.at

4. Auflage / Erschienen 2012

ISBN: 978-3-902447-66-1

Auch Engel
lachen gerne weiter!

Heitere Weihnachtsgeschichten
zum Vor- und Selberlesen

KRAL
VERLAG

Inhalt

Was weiß man schon über Engel, diese zarten Himmelswesen? Gar nichts! Als Kind stellt man sich vor, dass sie auf Wolken sitzen, von dort aus die Menschen beobachten und in brenzligen Situationen gerne helfend eingreifen. Niemand kann beweisen, dass das so ist, aber es wird auch keiner hundertprozentig sicher bestreiten können!

Nur eines liegt schon sehr nahe: Falls es Engel als göttliches Coachingpersonal wirklich gibt, dann werden sie auch unseren Humor verstehen und infolgedessen gerne selber lachen. Denn wer lacht, steht über den Dingen. Und das ist für einen Engel ja ganz besonders wichtig!

Man kann sich vornehmen was man will, dem Trubel der Weihnachtszeit kommt man in unseren Breiten nicht aus. Trotzdem gibt es immer wieder interessante Projekte wie die …

WEIHNACHTSFREIE ZONE

„Entschuldigen Sie vielmals!", rief Frau Hampel. Sie hatte gerade den Mist runter getragen und war Herrn Breyer aus dem 2. Stock direkt in die Arme gelaufen.

„Ich hab leider nicht geschaut! Aber diese Rennerei in der Vorweihnachtszeit macht einen ja wirklich ganz blöd!"

„Nix passiert!", murmelte Herr Breyer. „Mir geht's ja genau so wie Ihnen! Weihnachten g'hört abgeschafft, sag ich immer!"

„Stimmt! Ich hab schon mit vielen Leuten geredet, denen das ganze Theater auf die Nerven geht! Aber wir könnten ja einmal gemeinsam was dagegen unternehmen!"

„Wie meinen Sie das?", fragte Herr Breyer.

„Das is nur so eine Idee, die mir gerade kommt!", antwortete Frau Hampel. „Wie wär's, wenn wir dieses Haus zur weihnachtsfreien Zone erklären? Ohne Lichterketten, Kerzen und Geschenke. Und natürlich ohne Christbaum, Festtagsessen und Verwandtenbesuche! Ich frag einmal herum, wer sich dran beteiligen will!"

Frau Hampel zog das wirklich durch. Sie verfasste eine Unterschriftenliste mit folgendem Text: ‚Ich erkläre, dass ich heuer auf alle weihnachtlichen Aktivitäten verzichte und keinen damit verbundenen Stress aufkommen lasse!'

Tatsächlich war jeder von dieser Idee begeistert. Alle unterschrieben, sogar Familie Jeschek, die noch halbwüchsige Kinder hat. Sie wollte zu Weihnachten ohnehin verreisen.

Wunderbar! Inmitten einer im Adventtaumel liegenden Welt betrat man im Haus Gartengasse 17 eine Insel der Ruhe. Hier gab's keine hektischen Menschen, und rein gar nichts erinnerte an die bevorstehenden Feiertage. Alle waren zufrieden und lobten Frau Hampels Idee.

Bis eines Nachmittags plötzlich ein Duft von Vanillekipferln durchs Stiegenhaus zog. Schnell bildete sich eine kleine Gruppe diskutierender Hausbewohner, doch es war nicht festzustellen, wer da gegen das Anti-Weihnachtsabkommen verstoßen hatte.

Kurze Zeit später entdeckte man im Stiegenhaus einen Haufen Tannenreisig, und ein Paketbote brachte Herrn Breyer einen gut verpackten Karton.

„Da sind nur Sachen drin, die ich schon vor Wochen bei einem Versandhaus bestellt habe. Das hat mit Weihnachten rein gar nichts zu tun!", rechtfertigte sich Herr Breyer. Doch niemand glaubte ihm, und als am nächsten Abend an seinem Fenster ein beleuchteter Rentierschlitten stand, konnte man sich denken, was in dem Karton gewesen war.

Die Front begann deutlich zu bröckeln. Die Kwasnickas wurden beim Kauf eines Christbaums überrascht, und Herr Reisinger im Keller sogar beim Bau einer Weihnachtskrippe. Am Heiligen Abend stellte sich heraus, dass auch die Initiatorin der Unterschriftenliste längst die Seite gewechselt hatte. Sie verteilte an alle Hausparteien kleine Säckchen mit Vanillekipferln, die sie schon vor Tagen gebacken hatte.

Wenn die Eltern, Omas und Opas ihre Sprösslinge im Advent bei einer künstlerischen Darbietung bewundern können, dann sind sie gerührt. Sie ahnen gar nicht, wie es oft zugeht, bei den Proben zum …

KRIPPENSPIEL

„Ihr Leute, hört ihr nicht den Klang der Engel süßen Lobgesang?...", rief der erste Hirte, dann wusste er nicht mehr weiter, und der Regisseur des Krippenspiels klatschte in die Hände. Heute war Generalprobe, und sie hatten sogar ein kleines Schaf dabei, das für ein sehr realistisches Bühnenbild sorgte.

„Was ist denn los? Wo hast du denn schon wieder deinen Kopf?"

Alle anderen wussten natürlich, was der erste Hirte im Kopf hatte. Seit Wochen versuchte er, Maria zu einem Kinobesuch zu überreden, aber die war ja mit diesem blöden Balthasar aus der 4. Klasse zusammen. Das war auch dem Kaspar ein Dorn im Auge. Der hätte Maria schon beinahe einmal geküsst, aber dann war gerade in diesem Moment sein Handy losgegangen, weil ihn eine frühere Freundin sprechen wollte.

Josef war der einzige, der im Moment überhaupt kein Interesse an Maria hatte. Er überlegte gerade, ob er sich zu Weihnachten ein Radio oder lieber ein Handy wünschen sollte.

„Josef! Du bist dran!", hörte er den Regisseur da plötzlich rufen und versuchte sich zu konzentrieren.

„Ach liebe Frau, die Nacht ist kalt, ich hol mir einen Schnupfen bald …"

Die Hirten begannen zu kichern, und der Regisseur machte ein finsteres Gesicht. Josef verbesserte sich:

„… es ist so finster rings im Wald. Den Menschen und den

Tieren friert, rückt näher, dass euch wärmer wird!“

‚Hoffentlich ist die Probe bald aus, ich muss mir für die Mathe-Schulabeit noch die Vektorrechnung anschauen!‘, dachte Maria und sagte:

„Dies Kindlein liegt auf Heu und Stroh, doch jauchzet und seid alle froh!“

Sie kuschelte sich an das Schaf, dieses bekam es mit der Platzangst zu tun, sprang mit einem Satz durch die Papierdekoration und galoppierte in den Pfarrhof hinaus. Alle liefen hinterher, und zurück blieb nur das Jesulein.

‚Puh!‘, dachte es. ‚Es ist wirklich anstrengend, mit solchen Dilettanten zu arbeiten. Aber was tut man nicht alles, um den Menschen das Weihnachtswunder wenigstens halbwegs begreiflich zu machen!‘

Vor Weihnachten werden ja die verschiedensten Bäckereien produziert. Am beliebtesten sind aber wahrscheinlich die …

Vanillekipferln

„Was sagst du zu meinen Vanillekipferln?“, fragte Gerlinde ihren Mann Kurt.

„Wunderbar, wirklich gut!“

„Nicht *sehr* gut?“

„Wenn du willst, *sehr* gut!“

„Was heißt, wenn du willst? Ich möchte schlicht und einfach wissen, ob sie dir schmecken!“

„Sie schmecken mir!“

„Hast du schon ein Kipferl gekostet?“

„Nein!“

„Wie kannst du dann sagen, dass du sie gut findest?“

„Weil ich deine Kipferln kenne!“

„Warum sagst du das so merkwürdig? Sind sie vielleicht schlechter als die Kipferln deiner Mutter?“

„Das will ich nicht so direkt vergleichen!“

„Wieso? Kipferl ist Kipferl!“

„Eben nicht! Die Vanillekipferln meiner Mutter sind zum Beispiel weiß und deine ganz braun!“

„Ja, weil ich sie mit Nüssen mache und deine Mutter mit geschälten Mandeln. Es gehören aber Nüsse rein!“

„Wer sagt das?“

„Ich! Weil dieses Rezept von meiner Mutter stammt und die es schon von ihrer Mutter bekommen hat!“

„Vielleicht hat sich deine Familie einfach keine Mandeln leisten können! In eurem Rezept sind ja auch keine Eier drin!“

„Also wenn jemand sparsam ist, dann deine Mutter! Die nimmt ja sogar Margarine statt der Butter!“

„Sicher! Weil die Kipferln mit der Margarine haltbarer sind!“

„Wirklich gute Kipferln müssen gar nicht haltbar sein! Die sind nämlich nach drei Tagen aufgegessen!“

In diesem Moment kam Tochter Julia in die Küche und wurde sofort in die Zange genommen.

„Julia, sag uns bitte ganz ehrlich, welche Vanillekipferln dir besser schmecken!“, rief Gerlinde. „Die von Papas Mutter oder meine …“

„Ich hasse Vanillekipferln!“, antwortete Julia. „Aber frag doch meinen Freund, den Willy! Der kann sie kiloweise essen. Allerdings nur, wenn sie seine Mutter gebacken hat!“

Auch wenn es manche nicht so haben wollen, Weihnachten ist natürlich ein ganz wichtiger Wirtschaftsimpuls. Da lassen sich die Geschäftsleute auch gerne was einfallen, etwa …

GRATIS-ADVENTKRÄNZE

Im Möbelhausprospekt war diesmal ein wirklich nettes Angebot zu finden: „Wir wollen gerne mit Dir feiern. Hol Dir Deinen Gratis-Adventkranz, so lange der Vorrat reicht!"

Schon vor der Geschäftsöffnung stand eine lange Menschenschlange vor der Tür, und Herr Wondrak sagte zu einer ebenfalls wartenden Frau: „Wenn man so einen Adventkranz im Blumengeschäft kauft, kostet er locker 30 bis 40 Euro. Da lass ich ihn mir doch lieber schenken!"

In diesem Augenblick wurde der Eingang aufgemacht, und die Menschenmasse drängte ins Geschäft hinein.

„Genieße mit uns die friedlichste Zeit des Jahres. Wir machen Dir schon heute unser Adventgeschenk!", sagte eine zuckersüße Stimme aus dem Lautsprecher. Unter Pressen und Schieben, Puffen und Knuffen arbeitete sich Herr Wondrak meterweise vorwärts. Nach kaum einer Stunde stand er endlich am Ziel, vor einem leicht abgekämpften Verkäufer.

„Wo sind denn jetzt die Gratis-Adventkränze?", fragte er ihn.

„Die sind leider schon aus! Aber das waren sowieso nur ganz kleine Kränze, mit denen Sie keine Freude gehabt hätten. Nehmen Sie doch hier unseren Adventkranz KRANSÖ mit Nadel-Garantie um nur 9 Euro 90. Damit sind Sie viel besser bedient!"

„Na gut, das ist ja immer noch recht günstig!", sagte Herr Wondrak. „Aber der Kranz hat ja gar keine Kerzen!"

„Deshalb haben wir hier speziell für Sie das Kerzenset

WAXEREN um 12 Euro 90 vorbereitet!“

„Und gibt’s dazu auch irgendwelche Schmuckbänder?“

„Die passenden Schmuckbänder BANDLYK kommen auf 5 Euro 90!“

„Aber ob diese Bänder auch auf meinen Adventkranzständer passen?“

„Der speziell zu den Schmuckbändern passende Ständer Modell STANDORP kostet heute ausnahmsweise nur 15 Euro 90! Aber ich hoffe, Sie haben einen guten Aufstellungsplatz, an dem der Adventkranz keinen Schaden anrichten kann!“

„Ich stelle ihn bei mir zu Hause auf den Wohnzimmertisch!“

„Dann tun Sie das am besten mit der Wachs abweisenden und brandhemmenden Tischdecke TABLAP um 19 Euro 90!“

„Sie werden jetzt sicher gleich sagen, dass es gar nicht gut ist, wenn man den Adventkranz auf den Wohnzimmertisch stellt!“

„Richtig! Auf unserem höhenverstellbaren Adventkranzaufstellungstisch STELFORS um 79 Euro 90 kommt der Kranz erst so richtig zur Geltung!“

„Und wenn ich möchte, dass dieser Tisch zur übrigen Einrichtung passt?“

„Dann sind wir dort, wo wir eigentlich hinwollen!“, sagte der Verkäufer. „Bei unserem Komplettwohnzimmer GUNNAR inklusive Schrank, Sitzecke und Stühlen um 1.599 Euro 90. Da ist der Adventkranz übrigens schon inklusive!“

„Wissen Sie was?“, sagte Herr Wondrak. „Ich kaufe das ganze Geschäft! Um irgendwas und 90 Cent! Das kommt mir wahrscheinlich billiger, als wenn ich nur diesen GUNNAR nehme!“

„Stimmt, so günstig wie heute wird es nie wieder sein!“

Wenn die Ehefrau unterwegs ist und längere Zeit nicht wiederkommt, dann macht sich der Mann oft …

SORGEN

Zwei Freunde plaudern beim Kaffee.
Da sagt der eine: „Schau, den Schnee,
den es da draußen runterhaut,
obwohl er eh gleich wieder taut!
Ich mach mir Sorgen, weil jetzt grad
mei Frau zu tun hat in der Stadt!“
Da sagt der Freund: „Die ist bestimmt
in ein Geschäft hinein geschwind,
und dort ist alles überdacht!“
Darauf der Erste bitter lacht:
„Das ist’s ja, was mir Sorgen macht!“

Man kann bekanntlich auf vieles allergisch reagieren: auf Pollen, Hausstaubmilben und sogar auf dieses …

JINGLE BELLS

„Grüß Sie Gott, Herr Doktor!"

„Was kann ich für Sie tun?"

„I hab eine Allergie, und die wird leider immer ärger!"

„Wann macht sich denn die bemerkbar?"

„Immer in der Adventzeit! I krieg an Kopf wie a rote Christbaumkugel, Füß so schwer wie zwei Christbaumkreuz und Finger wie die Vanillekipferl!"

„Und haben Sie schon feststellen können, worauf Sie so allergisch reagieren?"

„Sie werden's net glauben: auf a bestimmtes Weihnachtslied!"

„Auf ein Lied? Also, das ist mir noch nicht untergekommen!"

„Das glaub i gern! Aber des Problem quält mich Jahr für Jahr, und heuer is' besonders arg!"

„Was soll denn das für ein Lied sein, auf das Sie da allergisch sind?"

„I möcht's net sagen, weil mi schon der Titel krank macht! Jedenfalls kommt's aus Amerika, und hat immer irgendwelche Schlittenglockerln dabei! Sie kennen's ganz bestimmt!"

„*Jingle bells*!"

„Herr Doktor, net aussprechen! Des schmerzt!"

„Entschuldigen Sie! Aber grundsätzlich gibt's bei Allergien nur zwei Möglichkeiten: Eine davon ist die Immuntherapie: Ich spiel

Ihnen zum Beispiel regelmäßig ein paar Töne von diesem *Jingle* … also von diesem Weihnachtslied vor. Am Anfang ganz leise und später immer lauter, so lange, bis ihr Körper nicht mehr darauf reagiert!"

„Wie lang dauert denn so eine Behandlung?"

„Mindestens ein halbes Jahr! Aber mit Musik gibt's da keine Erfahrungen …"

„Das is viel z' lang! I brauch was, des glei hilft!"

Dann kommt nur die zweite Möglichkeit in Frage: Sie vermeiden es, das Lied zu hören!"

„Wie denn bitte? I bin doch der Chorleiter vom Männergesangsverein. Wir hab'n heuer zehn Adventveranstaltungen, und überall müss' ma des singen!"

„Dann dirigieren S' doch mit Oropax!"

In diesem Augenblick erklang laut und deutlich das Handy des Arztes. Es spielte *Jingle Bells*, und der unglückliche Chorleiter verließ Hals über Kopf die Ordination. Als er auf die Straße lief, dröhnte aus dem Punschstandel gegenüber ebenfalls *Jingle Bells*, und so überhörte er glatt das *Jingle-Bells*-Folgetonhorn eines herannahenden Kinder-Weihnachtszuges. Der Chorleiter landete zwar unverletzt in einem Schneehaufen, aber er fasste einen Entschluss:

Statt *Jingle Bells* bringt er bei seinen Adventkonzerten seither *Alle Vöglein sind schon da*, und der Applaus des Publikums gibt ihm Recht. Es dürfte inzwischen schon viele Leute geben, die auf *Jingle Bells* allergisch sind.

Dieses Buch beruht auf der Annahme, dass auch Engel einen Sinn für Humor besitzen. Manchmal hat er aber nur wenig zu lachen, so ein kleiner …

SCHUTZENGEL

Gabriel ist von Beruf Engel. Kein großartiger Erzengel, sondern nur ein kleiner namensgleicher Himmelsgeist, aber er hat eine ziemlich anspruchsvolle Aufgabe. Er ist nämlich der Schutzengel des gerade 20-jährigen Tommy, der fast täglich in irgendwelche gefährlichen Situationen gerät, aus denen ihn Gabriel dann retten muss.

Tommy hat die Fähigkeiten seines Schutzengels schon immer extrem herausgefordert, von dem Moment an, in dem er als Kleinkind zum ersten Mal auf allen vieren über die Treppe in den zweiten Stock hinauf geklettert ist.

Heute beweist Tommy seinen Mut gerne mit halsbrecherischen Snowboardfahrten, Extremklettern und Drachenfliegen, und immer wieder hört man in seiner Umgebung den wirklich wahren Satz: „Na, du hast aber einen tollen Schutzengel!“

Doch eines Tages hatte Gabriel genug. In einem sehr deutlichen Traum machte er Tommy klar, dass er kündigen wollte.

„Ich habe es wirklich satt, immer wie ein Trottel hinter dir her zu laufen!“, rief er, und Tommy antwortete trotzig: „Also, du wirst doch nicht glauben, dass ich auf dich angewiesen bin!“

Als Tommy am Morgen erwachte, wunderte er sich darüber, dass er zum ersten Mal in seinem Leben so ungeschickt war, in der Dusche auf die Seife zu treten. Es folgte ein Sturz, der nur den Anfang einer wahren Pechsträhne darstellte.

Gabriel genoss indessen die Ruhe und schaute gar nicht hin,

wenn Tommy irgendetwas unternahm. Endlich hatte er keine Verantwortung zu tragen, auch wenn er zugeben musste, dass das Leben ohne die Betreuung seines Schützlings allmählich langweilig wurde. Irgendwie fehlten ihm die Adrenalinstöße der regelmäßigen Rettungsaktionen, und schon am dritten Tag war ihm schlicht und einfach fad.

Da ergab es sich, dass Tommy mit seinem Motorrad irrtümlich durch das geschlossene Gartentor fuhr. Er landete im Rosenbeet, und dann schwanden ihm die Sinne.

„Na bitte, siehst du jetzt endlich ein, dass du ohne deinen Schutzengel keine Chance hast?“, sagte Gabriel, und Tommy murmelte nur: „Ist ja schon gut! Wir sollten einmal miteinander reden …“

Tommy hat sich von seinem Motorradsturz rasch erholt. Er betreibt sogar wieder seine gefährlichen Sportarten, mit Ausnahme von Dienstag und Donnerstag. An diesen beiden Tagen hat Gabriel jetzt immer frei.

Wer irgendwo alte Großeltern, Tanten oder Onkel hat, der kennt auch diese vorwurfsvoll gesprochenen Worte …

X BESUCHT'S MICH EINMAL!

„Besucht's mich doch einmal!", sagte Tante Gerda wie immer, wenn man mit ihr telefonierte.

„Ganz bestimmt!", versicherte ihr Neffe Klaus. „Jetzt ist's bei mir noch ziemlich hektisch, aber an den Weihnachtsfeiertagen hab ich dann ein bisserl Luft!"

Weihnachten ging vorbei, selbstverständlich ohne Besuch, und Ende Jänner war es wieder soweit. Tante Gerda mahnte:

„Besucht's mich doch einmal! Und nehmt's auch die Kinder mit!"

„Ja, sehr gern, Tante Gerda! Jetzt im Februar wird's bestimmt ein bisserl leichter!"

Im Februar und März war in der Firma natürlich so viel zu tun, dass der Besuch bei Tante Gerda auf der Prioritätenliste an die 63. Stelle rutschte.

„Ruft's mich doch wenigstens an!", sagte die Tante beim nächsten Telefongespräch. „Aber natürlich wär's am besten …"

„Liebe Tante, vor Ostern hab ich überhaupt keine Chance, dann fahr'n wir ein paar Tage weg, aber im Mai oder Juni schaut's gar nicht so schlecht aus!"

Das war ein Irrtum, denn zwei Monate im Voraus schaut der Kalender meistens locker aus. Außerdem kam jetzt die Sommerzeit, in der man am liebsten baden geht oder einen Ausflug macht, jedenfalls eher nicht zu Tante Gerda fährt.

„Also, ich schreib mir das jetzt in den Kalender, sonst wird das nichts!", sagte Klaus beim nächsten Telefongespräch im November. Die langwierige Geschichte war ihm inzwischen wirklich peinlich, und so packte er eines Sonntags im Advent seine Familie zusammen und fuhr zu seiner Tante. Er drückte auf den Klingelknopf, lauschte, drückte noch drei Mal und zog schließlich unverrichteter Dinge wieder ab.

„Du bist doch technisch so begabt!", sagte Tante Gerda am nächsten Tag. „Kannst du mich nicht besuchen und dir meine Türglocke anschauen? Die ist seit ein paar Tagen kaputt!"

Das ist jetzt gute zwanzig Jahre her. Die Geschichte ist Klaus unlängst wieder eingefallen, nachdem er seine inzwischen erwachsenen Kinder schon zum dritten Mal ermahnt hatte: „Besucht's uns doch einmal!"

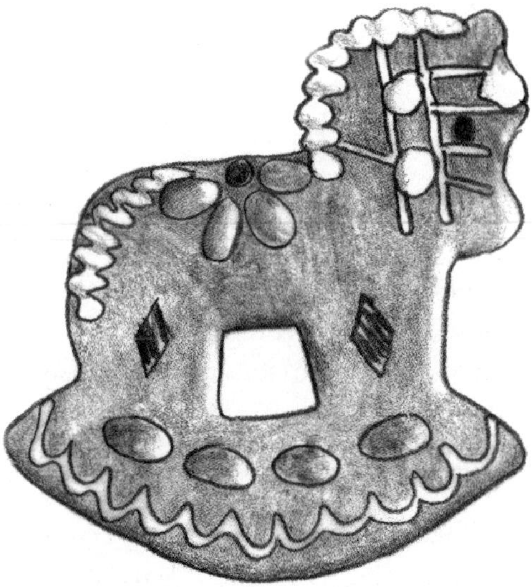

Gerade zu den Festtagen hat man gern ein gemütliches Heim. Aber oft ist es mit dem Putzen und Gründlichmachen nicht getan. In folgendem Fall wünscht sich Familie Schagerl sogar …

EIN NEUES BADEZIMMER

„Hast du dir schon einmal unser Badezimmer angeschaut?", sagte Frau Schagerl zu ihrem Mann. „Ich meine, ganz genau! Das Waschbecken hat einen Sprung, die Badewanne braune Flecken, und die Armaturen sind undicht!"

„Mir fällt das gar nicht mehr auf!", antwortete Herr Schagerl.

„Aber mir! Und wenn zu Weihnachten wieder die ganze Verwandtschaft auf Besuch kommt, möchte ich eigentlich nicht, dass die sich nachher den Mund zerreißt!"

„Heißt das, du willst vor Weihnachten noch das Badezimmer renovieren?"

„Ja!", sagte Frau Schagerl. „Ich frag gleich morgen den Installateur!"

Das war Anfang Oktober. Mitte Oktober erschien der Handwerker und schaute sich die Sache an. „Das ist überhaupt kein Problem!", sagte er. „Das haben wir in zwei Tagen fertig. Aber wenn ich was vorschlagen darf: Ich würde bei dieser Gelegenheit auch gleich neue Fliesen machen! Die haben schon überall kleine Sprünge!"

„Aber bis Weihnachten?", wandte Herr Schagerl ein.

„Locker!", versicherte der Installateur, und auch der wenige Tage später eintreffende Fliesenleger wirkte sehr zuversichtlich. „Das hamma in Nullkommanix. Da würd ich allerdings noch eine Steckdose machen, für'n Rasierapparat. Und das müsst natürlich noch vor unserer Arbeit passieren!"

„Glauben Sie, dass wir unser Hausdach so lassen können, oder sollte man das auch gleich neu decken?“, fragte Herr Schagerl, aber der Fliesenleger hatte wenig Humor.

Kurz und gut, der Elektriker versprach, die Arbeit in der ersten Novemberwoche zu machen. In der Zwischenzeit wurden die neuen Fliesen gekauft und einstweilen im Wohnzimmer gelagert. Das störte nicht sehr. Platzprobleme gab es erst, als dort auch die neue Badewanne, das Waschbecken und die Armaturen gestapelt wurden. Aber es war ja nur für ein paar Tage.

Mitte November kam der Elektriker, stemmte die halbe Mauer um und empfahl, einen Maurer kommen zu lassen, der die Wand wieder instand setzen sollte. Für so was nimmt man natürlich einen Pfuscher, und das sind viel beschäftigte Leute. Am ersten Adventsonntag deponierte der gute Mann seine Mörteltruhe und zwei Säcke Fertigputz im Vorzimmer und kündigte an, am nächsten Tag zu beginnen. Leider kam ihm ein Bandscheibenvorfall dazwischen. Er schickte daher einen Gehilfen, der die Arbeit am zweiten Adventsonntag erledigte, allerdings auf eine Art und Weise, die auch den Rest der Wohnung in eine Baustelle verwandelte.

„Wir haben noch zwei Wochen bis Weihnachten, das geht sich wunderbar aus!“, sagte der Installateur, als er das alte Waschbecken demontierte und die Badewanne aus der Verbauung riss. Er deponierte den ganzen Sperrmüll im Schlafzimmer und versprach, unverzüglich wieder zu kommen, sobald der Fliesenleger fertig wäre.

Am 17. Dezember traf letzterer ein, schlecht gelaunt, weil ihn Familie Schagerl mit zwanzig telefonischen Urgenzen auf die Nerven gegangen war und richtete sich mit seiner Trennscheibe in der Küche ein. Die war bis dahin der einzige Platz in der ganzen Wohnung gewesen, an dem man sich noch halbwegs bewegen konnte.

„Wenn ich sag, dass ich die Arbeit vor Weihnachten mach, dann mach ich sie auch!“ murmelte er beleidigt. Nachdem er die erste Fliese geklebt hatte, stellte er die Arbeit allerdings gleich wieder ein. „Was haben Sie sich da andrehen lassen? Für die Wand gehen diese Fliesen ja gerade noch, aber für den Boden sind sie zum Vergessen!“

„Wir werden sie umtauschen, gleich nach den Feiertagen!“, sagte Herr Schagerl und sprach damit erstmals offen aus, dass das Projekt ‚Badezimmer vor Weihnachten renovieren’ gescheitert war. Denn diese Fliesen hatten mindestens eine Woche Lieferzeit.

Schagerls feierten den Heiligen Abend in einem unbeschreiblichen Chaos und natürlich ohne Verwandtenbesuche. Der Druck der letzten Wochen war von ihnen abgefallen, denn wer einmal durch die Hölle der Handwerkertermine gegangen ist, dessen Seele ist geläutert und unbeschwert. Auf dem Karton der neuen Badewanne gab Herr Schagerl seiner Frau einen tröstlichen Kuss, so lange bis die Wellpappe einbrach und die beiden in den Styroporkugerln der Verpackung verschwunden waren.

Personalmangel ist ein Problem, das gerade im Advent zu ernsten Problemen führen kann. Die folgende Szene spielt in einem großen Kaufhaus, und dort ist es schon soweit:

Elektronik ist Wurst

Herr Kolar arbeitet normalerweise im Wurstverkauf, weil aber gerade jetzt in der hektischen Vorweihnachtszeit Herr Reinberger aus der Elektronikabteilung krankheitshalber ausgefallen ist, muss Herr Kolar dort aushelfen. Der Chef hat gesagt, da könne er einmal beweisen, dass er flexibel ist. Herr Kolar bemüht sich auch wirklich sehr.

„Was darf's sein", fragt er gleich, wenn er jemanden kommen sieht, und die Kunden sind erstaunt, weil sie normalerweise eine Viertelstunde suchen müssen, bis sie in der Elektronikabteilung einen Verkäufer finden. Und wenn dann zum Beispiel einer sagt: „Ich interessiere mich für einen DVD-Rekorder mit Festplatte!", dann legt Herr Kolar los.

„Was soll denn drauf sein, auf der Platte fürs Fest? Wir haben heute einen feinen Bauernschinken und eine pikante Putenbrust!"

„Ich würde sagen, von jedem etwas!"

„Käse auch?"

„Also, für Käse brauche ich keinen DVD-Rekorder!"

„Da haben Sie Recht. Der Käse ist Wurst!"

„Können Sie mir auch eine Frage zu den Navigationsgeräten beantworten?"

„Selbstverständlich! Die sind grade ganz frisch hereingekommen. Da ist zum Beispiel unser Spitzenmodell mit zahlreichen Extrawürsteln!"

„So? Was kann es denn?“

„Es zeigt Ihnen unterwegs immer genau an, wo’s die nächsten Lebensmittelgeschäfte gibt!“

„Faszinierend!“

„Außerdem eignet sich dieses Gerät auch zur Wiedergabe von Fotos, sodass Sie sich beispielsweise eine herzhafte Leberkässemmel anschauen können, wenn Sie Hunger haben!“

„Das gefällt mir wirklich!“

„Soll ich’s einpacken oder verwenden Sie’s gleich?“

„Einpacken brauchen Sie’s nicht …“

„Darf’s sonst noch was sein? Vielleicht noch ein kleines Handy oder ein mp3-Player? Im Sonderangebot sind diese Woche auch unsere LCD-Fernseher. Die machen Bilder so scharf wie Debreziner und sind trotzdem dünn wie ein Blattel Extrawurst!“

Es zeichnet sich ab, dass Herr Kolar wegen seines Erfolges auch in Zukunft in der Elektronikabteilung arbeiten wird. Wie sich Herr Reinberger dann im Wurstverkauf bewährt, wird man ja sehen!

Der Zauber der Weihnachtszeit beruht, rein physikalisch gesehen, zum großen Teil auf einer ganz einfachen Tatsache: Überall flackert das …

KERZENLICHT

Das warme, weiche Kerzenlicht,
es streichelt über dein Gesicht
und schimmert hell auf deinem Haar.
So weit entfernt ist, was heut war:
die grelle, raue Wirklichkeit,
die Unerbittlichkeit der Zeit,
stattdessen bleibt nur Harmonie
und Platz für uns're Fantasie.
Ich fall in deine Augen rein,
der Abstand zwischen uns wird klein,
wir sind schon nahe, Mund an Mund …
Da kommt irgendein blöder Hund
und dreht die Leuchtstoffröhren auf!
So geht die schönste Liebe drauf!

Man weiß ja nicht, was Fichten und Tannen über eine Karriere als Christbaum denken. Nehmen wir einmal an, sie empfinden es als Ehre, und versetzen wir uns geistig in …

DIE TANNE VON HOHENKLAPPERSDORF

Wie ein kleiner Wald standen die Christbäume auf dem Platz vor der Kirche und warteten auf ihren Verkauf.

„Na?", sagte eine vier Meter hohe stolze Tanne zu einem Bäumchen, das ihr gerade bis zum ersten Astquirl reichte. „Was bist denn du für ein lächerlicher Besen?"

„Was heißt Besen? Ich bin eine raumsparende Fichte aus dem Waldviertel! Und wer bist du, wenn ich fragen darf?"

„Ich wüsste nicht, was dich das angeht! Aber bitte, ich sage dir, mit wem du die Ehre hast: Ich bin eine Edeltanne aus dem Privatwald von Schloss Hohenklappersdorf!"

„Und wie kommst du dann auf diesen unwürdigen Christbaummarkt?"

„Das frage ich mich auch! Ich war eigentlich für die Bibliothek des Schlosses vorgesehen, aber ich werde auch hier nicht lange herumstehen. Immerhin bin ich ein Baum, mit dem sich da kein anderer vergleichen kann!"

Um neun Uhr vormittags wurde der Christbaummarkt eröffnet. Die ersten Kunden schlenderten zwischen den Bäumen herum, bewunderten die stolze Tanne und wandten sich dann den kleineren Bäumen zu. „Viel zu teuer!", sagten sie zur Hohenklappersdorfer Edeltanne und: „Wer hat denn eine Wohnung, wo dieses Monstrum reinpasst?"

„Lach nicht so blöd!“ zischte die Tanne dem kleinen Bäumchen zu, obwohl dieses ganz ruhig geblieben war. „Mit dem Gesindel will ich sowieso nichts zu tun haben! So eine Kundschaft überlasse ich gerne dir!“

Am Nachmittag des 23. Dezember standen die Doppeltanne und das Bäumchen jedenfalls noch immer auf dem inzwischen sehr geschrumpften Christbaummarkt.

„Na, hoffentlich kommt jetzt bald ein Käufer, sonst werden wir zu Hackschnitzeln verarbeitet!“, stöhnte die kleine Waldviertler Fichte, doch die Edeltanne meinte nur: „Du vielleicht! Was mich betrifft, so kann ich ohne weiteres noch eine Karriere als Maibaum machen!“

Eine Stunde später wurde das Bäumchen verkauft, und die arrogante Doppeltanne landete in der Schreddermaschine.

So einen Schluss hätten Sie sich gewünscht, was? Aber in Wirklichkeit ist der aufgeblasene Edelbaum am Ende doch noch im Vorgarten einer protzigen Villa gelandet. Da steht er jetzt in vornehmer Einsamkeit mit unzähligen elektrischen Lichtern, und wenn er sich ein wenig nach vorne neigt, dann schaut er durch's Fenster des Nachbarhauses. Von dort winkt ihm manchmal das kleine Bäumchen aus dem Waldviertel zu, das in einem gemütlichen warmen Wohnzimmer gelandet ist, umgeben von drei Kindern, einem kleinen Hund und dem Duft nach gebratenen Äpfeln.

Zufrieden mit diesem Ende? Ich find's OK.

Es muss ja nicht immer alles hochintelligent sein, was man so den ganzen Tag daherredet. Manchmal schwelgt man einfach gerne in …

Kindheitserinnerungen

„Ich hab grad in den Kalender geschaut. Die nächsten Weihnachten fallen auf einen Freitag!“

„Na, hoffentlich nicht auf einen Dreizehnten!“

„Am Dreizehnten ist Ostern!“

„Im Dezember?“

„Im April!“

„Na, dann hab’n wir ja noch Zeit!“

„Mein Gott, Weihnachten … als Kind bin ich da immer gern im Wohnzimmer beim offenen Feuer gesessen!“

„Ich auch, aber meine Eltern haben’s mir dann verboten!“

„Wieso?“

„Weil im Wohnzimmer kein Kamin war!“

„Dann hätt ich’s dir auch verboten. Sind deine Wünsche ans Christkind eigentlich immer in Erfüllung gegangen?“

„Nicht immer. Einmal hat mir eine Tante versprochen, dass ich mir von ihr ein schönes Buch wünschen darf!“

„Und was hast du dir gewünscht?“

„Ein Sparbuch mit tausend Schilling, aber sie hat mir stattdessen nur ein Malbuch geschenkt.“

„Auch dafür muss man sich bedanken!“

„Hab ich eh gemacht, worauf die Tante gesagt hat, es wäre nicht der Rede wert!“

„Und du?“

„Ich hab geantwortet. „Die Mama findet auch, dass es nicht der Rede wert ist, aber ich soll mich trotzdem bedanken, sonst krieg ich beim nächsten Mal überhaupt nichts mehr!“

„Ich wollte einmal zu Weihnachten einen Globus haben!“

„Hast du ihn gekriegt?“

„Nein, mein Vater hat gesagt: In die Schule fährst du mit dem Schulbus, und auf’s Klo gehst du zu Haus!“

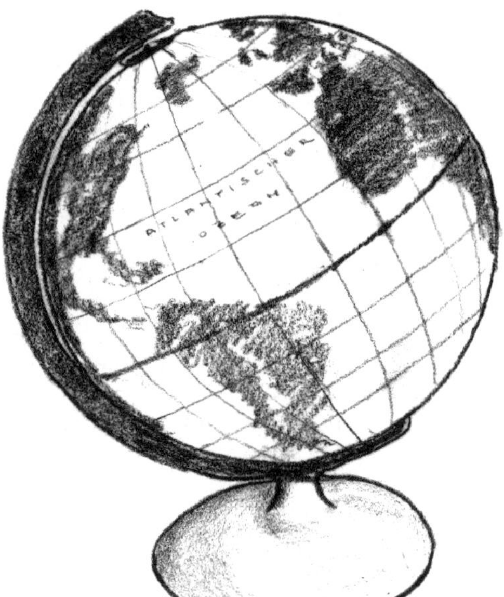

Ein geselliges Beisammensein der Belegschaft kann zu einem Höhepunkt des Firmenjahres werden. Wirklich lustig wird's aber oft erst …

NACH DER WEIHNACHTSFEIER

Ein Mann schwankte sichtlich alkoholisiert aus dem Gasthof ‚Zur Traube', überquerte den Gehsteig und hielt sich am Rückspiegel eines geparkten Autos fest. Das beobachtete ein patrouillierender Polizist.

„Wollen Sie da jetzt vielleicht wegfahren?"

„So is es, Herr Inspektor! Z' Fuß wär's nämlich a bisserl weit bis zu mir daham …"

„Und? Was hamma denn so alles konsumiert?"

„Also, da war einmal a sehr gute Knoblauchcremesuppen, a Zwiebelrostbraten und als Nachspeis …"

„I man natürlich, was Sie trunken ham!"

„A paar Viertel werden s' schon g'wesen sein!"

„Dann dürfen S' jetzt auf kan Fall fahren!"

„I will aber nix mehr trinken! Diese Weihnachtsfeier war nämlich a Niederlage! Stellen S' Ihnen vor, des Fräulein vom Kundenservice hat mir g'sagt, dass sie unser Verhältnis beenden will!"

„Wenn Sie öfter so ang'soffen san, is mir des schon klar!"

„Aber na! Sie hat nur g'mant, unser Pantscherl könnt leicht zu einer Katastrophen führen!"

„Wieso?"

„Ihr Alter is bei der Polizei! Und auf sein Streifendienst könnt er jetzt jeden Moment da vorbei kommen! … Na, war nur a Spaß!“

„Des is überhaupt net lustig! Zeigen S' mir einmal ihren Führerschein!“

„I glaub, der liegt bei mir daham in der Garderob!“

„Zulassung?“

„Steckt beim Führerschein!“

„Des wird ja immer schöner! Sagen S' mir einmal Ihren Namen, damit i nachschau'n kann, ob Sie net a gesuchter Verbrecher san!“

„Hören S', des müsst i doch wissen, und mir is nix bekannt!“

„Name und Adresse, oder i nehm Sie mit!“

„Des is sehr freundlich von Ihnen, aber da kommt schon des Taxi, was i bestellt hab!“

„Sie fahren mit'm Taxi und net mit ihrem Auto?“

„Selbstverständlich! Mei Auto hab i heute z'Haus lassen, weil i sag: Lieber noch eine Steuer am Alkohol als Alkohol am Steuer! I arbeit nämlich bei der Finanz. Und wenn ich Ihnen an diesbezüglichen Rat geben darf: Kaufen Sie sich a Kreuzung, und machen Sie sich selbstständig!“

Früher hat man alles irgendwie laufen lassen. Heutzutage bemüht sich der Gesetzgeber, unser Leben in geordnete Bahnen zu lenken. Und so gibt es jetzt endlich auch eine …

Nikolaus- und Krampus-Verordnung

Im Hinblick auf zahlreiche unliebsame Vorfälle und die heutzutage sehr sensiblen Kinder wird folgende Regelung getroffen:

Auftritte von Nikolaus und Krampus haben in Zukunft unter genau definierten Voraussetzungen stattzufinden. Der Nikolaus darf Kinder bis zu zehn Jahren nur mehr loben und nicht mehr fragen, ob sie auch brav gewesen wären. Solche Auskünfte einzuholen, ist schon aus Datenschutzgründen unzulässig. Außerdem steht es dem Nikolaus nicht zu, sich über das Verhalten der Kinder ein Urteil zu bilden und diesem öffentlich Ausdruck zu verleihen. Den über zehnjährigen Mädchen und Buben darf in Absprache mit den Erziehungsberechtigten und dem Jugendamt eine angedeutete Ermahnung erteilt werden, die sich jedoch auf die Worte „Ich hoffe, ihr wart alle brav!“ zu beschränken hat. Keinesfalls darf der Nikolaus den Eindruck einer moralischen Instanz erwecken, die für die Kinder bedrohlich wirken und Stress-Symptome erzeugen könnte.

Dass der Krampus nur mehr bei behördlich genehmigten Brauchtumsveranstaltungen auftreten darf, versteht sich von selbst. Das Tragen von Ketten, Ruten und Butten ist streng verboten, und die Hörner müssen aus Schaumgummi bestehen. Um dennoch ganz sicher zu gehen, dass Krampusse keine traumatischen Eindrücke hinterlassen, ist die Teilnahme von Kindern und Jugendlichen an Krampusläufen verboten.

Unter uns gesagt, sie würden zu so was auch gar nicht hingehen, weil sie viel lieber daheim bleiben, um sich ein fetziges Video in der Art von ‚Der Horror-Krampus mit der Kettensäge' anzuschauen.

Dass die Konsumentengesetze immer noch Lücken aufweisen, zeigt sich leider auch an manchen weihnachtlichen Produkten. Eine Beanstandung gab es unlängst auch wegen einem …

SCHOKOLADENIKOLAUS

Herr Mayer betrat das Büro des Supermarkt-Filialleiters und knallte ihm eine kleine, in Stanniol gewickelte Schokoladefigur auf den Tisch.

„Was ist damit?“, fragte der Geschäftsmann.

„Schauen Sie sich das Ding bitte einmal genauer an!“, erwiderte Herr Mayer aufgeregt.

„Ist die Schokolade abgelaufen? Dann tauschen wir sie gerne um!“

„Die Schokolade ist schon in Ordnung. Es ist was anderes, das mich stört!“

„Tut mir leid, ich weiß nicht, was Sie meinen! Das ist ein Schokoladenikolaus!“

„Ja, außen! Aber packen Sie ihn einmal aus! Was sehen Sie da? Einen Osterhasen! Wenn Sie mich fragen, ist das ein Skandal!“

„Ja, wissen Sie, so kleinlich sollten Sie nicht sein! Die Ohren dieses Osterhasen haben halt so eine ähnliche Form wie die Bischofsmütze des Nikolaus. Und da hat der Hersteller im Sinne der rationellen Fertigung eben eine Schokoladefigur entworfen, die man universell verwenden kann. Sozusagen einen Nikohasen … oder einen Osterlaus! Hahaha!“

„Sie finden das lustig! Aber meine kleine Tochter ist völlig durcheinander, seit sie dieses seltsame Zwitterwesen ausgewickelt hat! Ob der Papst unter seiner großen Mütze auch so lange

Ohren hat, wollte sie von mir wissen. Stellen Sie sich das vor!"

„Tja, mit dieser Schokoladefigur lernt ihre Tochter gleich, dass im Leben nicht überall das draufsteht was drinnen ist!"

„Wollen Sie damit sagen, dass ich für diesen Osterlaus auch noch dankbar sein soll? Wenn die Kleine jetzt eine Mandarine schält, fragt sie sich, ob nicht darunter ein Apfel zum Vorschein kommt!"

„Wer weiß? Mit Gentechnik ist alles möglich!"

„Herr Filialleiter! Ist Ihnen klar, dass meine Tochter in Zukunft niemandem mehr vertrauen wird? Wenn sie einem Politiker zuhört, wird sie ihm kein Wort glauben, und wenn sie ihr Geld auf die Bank trägt, wird sie den Gedanken nicht loswerden, dass es irgendein Finanzexperte an der Börse verspielt!"

„Na und? Was ist daran so unrealistisch? Aber bitte, ich bedaure, dass Sie wegen unserem Nikohasen Schwierigkeiten haben und möchte Ihnen als kleine Wiedergutmachung diese Bonbonniere überreichen!"

Herr Mayer war beeindruckt, denn die festlich glitzernde Luxusschachtel war gut 40 mal 80 Zentimeter groß. Als er sie zu Hause öffnete, verflog seine Freude allerdings sofort. In der Mitte der Schachtel, dreifach verpackt und eigentlich kaum zu sehen, fand er einen einzigen kleinen Weihnachtsstern aus Schokolade. Und der war innen hohl!

Auch Pflanzen eignen sich als weihnachtliche Gaben. Allerdings verpflichten sie den Beschenkten dazu, das Präsent in der Folge am Leben zu erhalten. Zum Beispiel einen …

WEIHNACHTSSTERN

„Du, sag einmal, ich wüsste gern,
was machst du mit dein' Weihnachtsstern?
Wieso is der so schön und groß,
tust du den düngen oder wos?
Schneidst du den z'ruck, dass der so bliaht
und jedes Jahr so kräftig wird?
Bei mir is so: I krieg den g'schenkt,
und bald schon siecht ma, wie er hängt.
I hab's net g'schafft, na wirklich wahr,
dass der sich halt, so über's Jahr!"
Die Nachbarin, die lacht und meint:
„Es is net alles wie es scheint!
I kauf, wenn ich dir's ehrlich sog,
jed's Jahr an neuen Blumenstock!"

Was tut man, wenn man eine Nachricht in die Medien bringen will? Man überlegt, ob man dort nicht jemanden kennt und legt sie ihm ans Herz …

DIE KONZERTANKÜNDIGUNG

„Walter, du kennst doch so viel Leut!“, sagte der Leiter des örtlichen Musikvereins zum ersten Trompeter. „Kannst du vielleicht schauen, dass unser Weihnachtskonzert einmal in dieser Zeitung *Wochenend* angekündigt wird? Da auf dem Flugblattel steht alles drauf: Ort, Beginnzeit, Programm und Mitwirkende!“

Der erste Trompeter nahm den Zettel und ließ ihn, weil das Konzert ja erst am 20. Dezember war, erst einmal eine Woche zu Hause liegen. Dann gab er ihn seinem Freund Karl, der in solchen Dingen viel geübter war.

„I kenn da leider a niemanden!“, antwortete Karl. „Aber i werd drüber nachdenken und schau’n, was sich machen lasst!“

Das Nachdenken dauerte wieder zehn Tage, dann gab er die blöde Konzertankündigung seiner Frau, die unlängst von einem Arbeitskollegen erzählt hatte, der als nebenberuflicher Versicherungsvertreter viel herumkommt. Der hatte zwar auch keine direkten Beziehungen zu *Wochenend*, dafür aber eine heimliche zur Gattin eines Politikers.

Es dauerte kaum zwei Wochen, da hielt der Volksvertreter den inzwischen schon etwas verdrückten Zettel in seinen einflussreichen Händen. Er nahm ihn Ende Jänner zur Aufsichtsratssitzung der Verlagsgruppe mit, zu der auch *Wochenend* gehört und brachte die Angelegenheit unter dem Punkt ‚Allfälliges’ zur Sprache. Man beschloss, den Programmzettel an den Chefredakteur des Magazins zu schicken.

Von nun an ging alles ganz schnell. Mitte Februar leitete der Chefredakteur das Flugblatt mit dem Vermerk ‚unbedingt berücksichtigen' an die zuständige Mitarbeiterin seiner Zeitung weiter. Die sah zwar gleich, dass das Weihnachtskonzert, das sie ankündigen sollte, schon vor zwei Monaten stattgefunden hatte, aber einer Anweisung ihres ziemlich cholerischen Chefs wollte sie sich trotzdem nicht widersetzen. So zog sie sich mit einer blumigen Reportage über den Musikverein aus der Affäre, verbunden mit dem Aufruf, das nächste Weihnachtskonzert keinesfalls zu versäumen.

Na also! Das wäre ja auch noch schöner, wenn Interventionen plötzlich nicht mehr funktionieren würden!

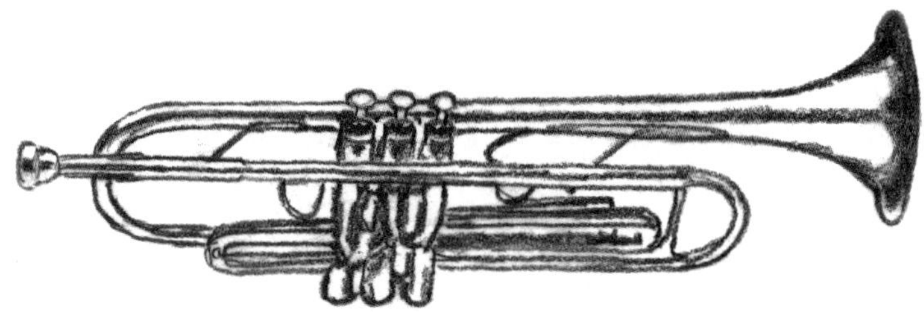

Vielleicht erinnern Sie sich noch an Herrn Franz aus dem ersten Weihnachtsbuch. Das war der Charity-Punschtrinker, der schließlich die Übersicht verloren hat. Diesmal fasziniert ihn das große Angebot verschiedener …

PUNSCHSORTEN

Herr Franz schlenderte mit seiner Frau Gerlinde durch die vorweihnachtliche Stadt, wo auch heuer wieder ein gutes Dutzend Punschstandeln aufgebaut war.

„Servas Franz!", rief der Feuerwehrmann aus der ersten Hütte. „Samma heute mit der Frau Gemahlin unterwegs? Sehr vernünftig! Da kannst wenigstens net so abstürzen wie im vorigen Jahr!"

„Du weißt genau, dass i nur für an guten Zweck trunken hab! Bei euch für a neue Motorspritzen, beim Roten Kreuz für's Rettungsauto und beim Fußballverein für die Flutlichtanlage!"

„Frau Gerlinde, Sie können stolz sein auf Ihren Mann! Wenn ma mehr solche Charity-Tschecheranten hätten, dann stangert unser Feuerwehr heute anders da! Übrigens, habt's schon g'sehn, was wir für neue Punschsorten hab'n?"

Gerlinde schaute auf die ausgehängte Liste und sagte: „Sehr interessant! Wie schmeckt denn so a Schoko-Kokos-Punsch?"

„Ein Schoko-Koko für die Dame ...", wiederholte der Feuerwehrmann und stellte Gerlinde ein dampfendes Häferl hin. Sie kostete und reichte es an ihren Gatten weiter.

„Der is net so ganz mei Fall! Franzl, den kannst du austrinken!"

„Wenn Ihnen der net schmeckt probier'n S' doch einmal unsern Eiercoladapunsch!"

„Ja, der is wirklich fein!“, sagte Gerlinde wenig später. Aber nachdem sie ein Drittel geschlürft hatte, gab sie auch dieses Häferl weiter an ihren Mann.

„Trink des bitte, dass ma weiter kommen!“, befahl sie ihm, und Franz schaffte es in wenigen Minuten. Arm in Arm eingehängt kam das Ehepaar als nächstes an der Hütte des Roten Kreuzes vorbei.

„Na, habt's ihr heuer a so viele neue Punschsorten wie die Feuerwehr?“, fragte Gerlinde.

„Kaffeepunsch, Biercola, Wodkagummibärli und Tropical dream! Für den hat unser Einsatzleiter sei ganze Hausbar g'opfert! Hahaha!“

Sie bestellte einen Tropical, der ihr allerdings genau so wenig schmeckte wie Herrn Franz, der den Becher schließlich wieder austrinken musste. Denn „Was ma zahlt ham, des wird a trunken!“

Beim Kulturverein und beim Tennisclub wiederholte sich das Spiel: Gerlinde kostete und Franz sorgte dafür, dass nichts verkam.

„Was is des jetzt wieder?“, fragte er. „A Rodweinbananenmarakujabunsch? Oder a Whiskyenzian mit Schlagobers? … Wurscht…“

Schließlich gab Frau Gerlinde auf.

„Des wird nix!“, sagte sie zu ihrem Mann. „Wir zwa gengan jetzt zum Standel vom Fremdenverkehrsverein und bestellen uns zwa ganz normale Bärenpunsch.“

„Du b'stellst an Bärnbunsch! I brauch heide gar nix mehr …“

Gerlinde betrachtete kritisch ihren schwankenden Gatten, dann meinte sie resignierend: „Franzl, mit dir geh i nimmer da her. Wenn du net amal mehr a Häferl Bärenpunsch vertragst!“

Ich weiß nicht, ob Sie's unlängst gesehen haben. Im Fernsehen ist eine wirklich tolle Casting-Show gelaufen: die spannende Suche nach dem besten Weihnachtsmann, dem …

SUPER-SANTA

„Einen schönen Abend wünsch ich euch hier im Saal und zu Hause an den Fernsehern! Bei uns heißt es heute ‚Österreich sucht den Super-Santa'! Ich möchte gleich unsere Jury vorstellen, Rainer Rauschebart vom Verband der Kaufhaus-Weihnachtsmänner, den Vertreter der Christbaumverkäufer Walter Nadler, und vor allem das Christkind!"

Der bei den Castingshows übliche hysterische Applaus brandete auf, und dann marschierten zehn Burschen und Mädchen auf die Bühne. Die Moderatorin stellte sich neben den Kaugummi kauenden Mario und fragte: „Du bist gerade 17 Jahre alt, warum möchtest du denn gerne Super-Santa werden?"

„Weiß nicht, weil das irgendwie vollgeil ist, mit dem Rentierschlitten und so …"

„Und wie ist das bei dir, Laura?"

„Ich find das unfair, dass immer nur die Männer den Weihnachtsmann machen, und deswegen hab ich mir dacht … Keine Ahnung!"

Nach der Vorstellungsrunde folgte gleich der erste Bewerb. Es ging um die Aufgabe, ein Buch in Geschenkpapier zu packen, wobei sich der coole Mario so hoffnungslos in einem Klebestreifen verwickelte, dass er ausscheiden musste.

Ein Teil des Publikums brach in Schluchzen aus, die Kandidaten umarmten ihn der Reihe nach, aber schon erklärte die Moderatorin das nächste Spiel: „Jeder von euch bekommt vier

Worte. Die sollt ihr so anordnen, dass daraus die erste Zeile eines bekannten Weihnachtsliedes entsteht!“

Da rauchten die Köpfe, und am Ende war die hübsche Anna der Lösung tatsächlich ziemlich nahe: ‚Der leise rieselt Schnee!‘

Das Jury-Christkind fand lobende Worte: „Anna, du hast uns dein kreatives Potential gezeigt und gleichzeitig bewiesen, dass du noch steigerungsfähig bist!“

Das Publikum sah das leider anders. Im Saalvoting flog Anna raus, und Julian bekam mit seinem ‚Schnee rieselt der leise!‘ die meisten Punkte.

„Wer ein Super-Santa werden will, der muss aber nicht nur die Weihnachtslieder kennen!“, rief die Moderatorin. „Der sollte auch beweisen, dass er schnell sein kann, denn er hat ja an einem einzigen Abend Millionen Menschen zu beschenken! Deshalb haben wir jetzt ein Spiel vorbereitet, in dem jeder auf seiner Computer-Weltkarte möglichst viele Geschenke zustellen soll! Ich sag euch zehn große Städte an, und ihr werft mit dem Pfeil an der richtigen Stelle die Packerln ab!“

Nun ist Geografie unter den Jugendlichen nicht gerade eine Modewissenschaft, und so landeten die meisten Geschenke in sehr entlegenen Gebieten wie der inneren Mongolei und dem Urwald des Amazonas. Nur bei Yolanda fiel auf, dass sie praktisch alle Packerln auf ihr eigenes Haus in Steinkirchen am Sand abwarf. Dafür wurde sie vom Christkind aus der Wertung genommen.

Robby und Sabrina schafften es schließlich bis ins Finale. Da ging’s darum, einen schönen Schneewalzer zu tanzen, und weil die Redaktion von vornherein beschlossen hatte, Sabrina gewinnen zu lassen, stolperte Robby über seine eigenen Füße. Unter tobendem Gekreische bekam die Siegerin den begehrten glitzenden Super-Santa-Mantel umgehängt, und das Christkind zerdrückte eine silberne Träne, die demnächst bei Licht ins Dunkel versteigert wird.

Übrigens, der frischgebackene Megastar geht jetzt auf eine dreiwöchige Advent-Benefit-Tour, deren Plakate mit dem Namen Sabrina schon vor Wochen gedruckt worden sind. Diese Show sollten Sie sich unbedingt anschauen, denn am 27. Dezember wird kein Menschen mehr wissen, wer Sabrina war. Nicht einmal das Christkind.

Als Liedermacher und Buchautor kommt man viel herum. Im Advent bin ich immer wieder auch bei Firmen-Weihnachtsfeiern eingeladen, um mit meinen Liedern und Geschichten die Stimmung zu heben. Aber er ist nicht immer einfach, so ein …

AUFTRITT IM GASTHAUS

Auftritte in Gasthäusern sind immer mit einem gewissen Risiko verbunden. Meist ist man da ja als unterhaltsamer Programmpunkt einer Familien- oder Firmenfeier vorgesehen, und das Problem besteht von vorneherein darin, dass die Leute nicht wegen dem künstlerischen Vortrag gekommen sind. Sie wollen den Onkel Hans und die Tante Gerti feiern oder müssen gemeinsam mit ihrem Chef die heile Firma spielen. Letztere Situation ist besonders heikel, weil viele schon aus Prinzip nicht lachen wollen, wenn ihnen die Unternehmensleitung einen frohen Abend wünscht. Da steht man dann als Künstler einfach auf der falschen Seite.

Umgekehrt, wenn der Stargast zum Beispiel von der Marketingassistentin eingeladen wurde, weil sie von dessen Unterhaltungsqualitäten überzeugt ist, dann wird wieder die Firmenleitung ein fades Gesicht machen. Denn wer kann das schon sein, wenn ihn die Matouschek persönlich kennt?

Zu all diesen Unwägbarkeiten kommen aber noch andere Faktoren, die einen Auftritt im Restaurant oft problematisch machen.

Bringt man das Programm vor dem Essen, sind die Leute unruhig, weil sie Hunger haben. Kommt es nachher, dominiert oft schon Müdigkeit und Alkohol. Der beste Zeitpunkt für einen Vortrag liegt grundsätzlich zwischen Hauptspeise und Dessert. Doch selbst da geht nicht immer alles glatt.

Unlängst stehe ich zum Beispiel vor dem U-förmigen Tisch einer Firmenweihnachtsfeier, trage gerade meine zweite Geschichte vor, als die Tür aufgeht und zwei Kellnerinnen zielstrebig damit beginnen, die Nachspeise zu servieren. Augenblicklich wendet sich die allgemeine Aufmerksamkeit der Schokoladentorte zu, und es beginnt ein lautes Besteckgeklapper. In den zahlreichen Kaffeebestellungen gehen bald auch die letzten, bis dahin noch verständlichen Pointen meiner literarischen Werke unter.

Ich werde allmählich unkonzentriert, schon deshalb, weil sich direkt vor mir eine junge Servierkraft zum Ohr eines Gastes niederbeugt und mir dabei ihre rundliche Kehrseite zuwendet. Als sie sich wieder aufrichtet, wirft sie mir den Notenständer mit meinen Texten um. Ich breche den Vortrag ab, und sammle mit ihr gemeinsam meine Manuskriptseiten ein.

Gerade als wir wieder unter dem Tisch hervorkommen, klopft der Firmenchef ans Glas und hält eine kleine Rede. Man dankt mir für meinen unterhaltsamen Vortrag und lädt mich ein, diesen Abend noch ein wenig mitzufeiern. Nach dem dritten oder was weiß ich wievielten Achtel wird's auch wirklich gemütlich!

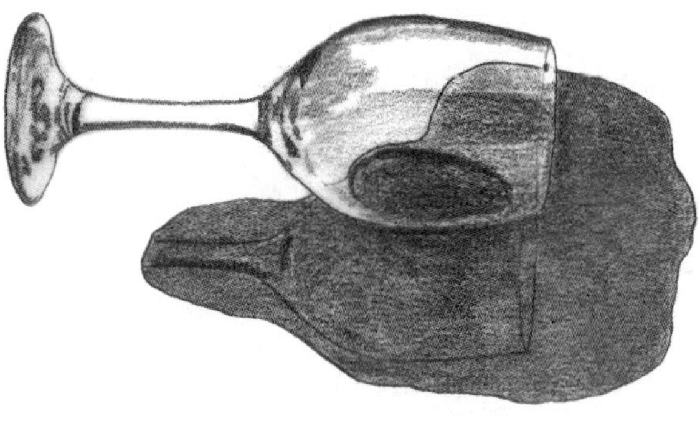

Um in der Wohnung weihnachtliche Stimmung zu verbreiten, gibt es verschiedene Möglichkeiten. Eine davon ist das Aufstellen einer …

Duftlampe

„Nach was riecht's denn da so komisch?", sagte der Ehemann, als er von der Arbeit nach Hause kam.

„Nach Bergamotte, Citrus bergamia. I hab mir nämlich heute a Duftlampen kauft!", antwortete seine Frau.

„Des hätt'st besser bleiben lassen!"

„Magst du's net? Citrus bergamia beflügelt die Seele und ist der ideale Stimmungsaufheller gegen die Winterdepression!"

„Die Depression krieg i erst von dem Geruch!"

„Vielleicht stört dich das Teebaumöl! Des hilft zum Beispiel sehr gut gegen Entscheidungsschwäche!"

„I hab mi schon entschieden! Der Duft geht ma auf die Nerven!"

„Dann geb ich vielleicht noch a paar Tropfen Melisse dazu! Melissa officinalis. Des hilft gegen Stress!"

„Bitte lass des bleiben! Wo steht denn die Duftlampen überhaupt?"

„Im Wohnzimmer! Warum?"

„Weil's vor der Küchentür am stärksten riecht! Und rauchen tut's a!"

„Meine Weihnachtsbusserln!!! I werd narrisch!"

„Na also! Und du willst mir erzählen, dass die Aromatherapie des seelische Gleichgewicht herstellt?"

„Willst mi ärgern? Schau dir des an! Des ganze Backblech is schwarz!“

„Tja, da kann i nur sagen: Kokos carbonensis, verkohlte Kokosbusserln! Helfen zuverlässig gegen niedrigen Blutdruck!“

„Raus aus der Kuchel!!!“

„Na also, sie wirken schon!“

Nicht immer geht alles nach Plan. Was hier alles durcheinander bringt, ist eine …

KAPUTTE HEIZUNG

Am vierundzwanzigsten um acht
war Karli grade aufgewacht
und hatte gleich das blöde G'fühl:
die Wohnung war heut ziemlich kühl.
Die Anna, Karlis junge Frau,
erkannte daraus gleich genau,
die Heizung funktioniert nicht mehr,
doch wo kriegt man jetzt Hilfe her?
Kein Fachmann, der da kommen mag,
an einem Weihnachtsfeiertag!
Das Paar fror zitternd vor sich hin,
dann sagte sie: „Es hat kan Sinn!
Wir lassen heut das Feiern sein
und kuscheln uns ins Bett hinein!
Ich mach uns einen guten Punsch
und sag dir meinen Weihnachtswunsch!"
Was Sie vielleicht noch interessiert:
Die Heizung war bald repariert,
und Anna und der Karli sind
jetzt glücklich über's erste Kind.
Was ich ganz sicher sagen kann:
Es kam Ende September an!

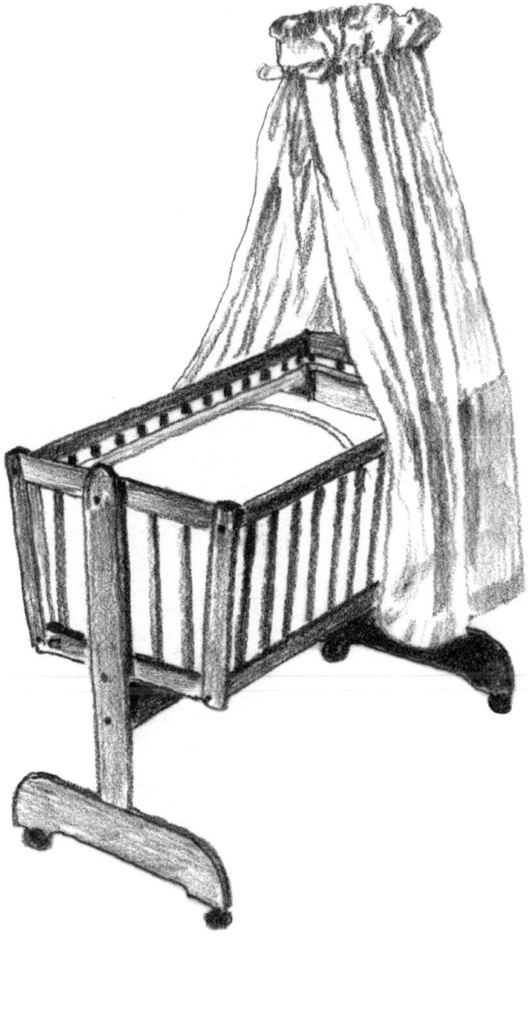

Es ist manchmal wirklich rührend, wenn Männer ihren Frauen etwas Schönes schenken wollen. Mehr als irgendwelche einfallslosen …

GUTSCHEINMÜNZEN

„Guten Tag! Ich suche ein Weihnachtsgeschenk für meine Frau!"

„Gutscheinmünzen?"

„Sicher nicht! Das ist doch völlig unpersönlich!"

„Sie haben halt den Vorteil, dass sich Ihre Frau dann ihr Geschenk in aller Ruhe selbst aussuchen kann!"

„Tut mir leid, ich finde es furchtbar, wenn sich ein Mann nicht die Mühe macht, selbst etwas Passendes zu finden!"

„Na gut, woran hätten Sie dann gedacht?"

„Was gibt's denn für Möglichkeiten?"

„Wir führen Dessous, Nachthemden, Mieder, Strümpfe …"

„Ein Nachthemd ist gut! Haben Sie auch so schön bestickte Dinger aus Seide?"

„Natürlich! Was hat denn Ihre Frau für eine Größe?"

„Tja, vielleicht ein Meter fünfundsechzig!"

„Mich würde eher die Kleidergröße interessieren …"

„Ach so, ja, keine Ahnung. Meine Frau hat ungefähr dieselbe Figur wie Sie. Nur anders. Ich glaube, sie hat einmal etwas von 75 gesagt …"

„Das kann aber nur die BH-Größe sein!"

„Dann nehme ich halt einen BH!"

„In diesem Fall müsste ich noch die Körbchengröße wissen!"

„Körbchen?“

„Die gibt man mit Buchstaben an!“

„Was sagen Sie zu K?“

„K ist unmöglich! Da wäre Ihre Frau ein biologisches Wunder!“

„Das ist sie auch! Deshalb möchte ich ihr ja was Schönes schenken!“

„Wie wär's mit einem tollen Negligé? Da ist die Größe nicht so problematisch!“

„Eine wunderbare Idee! Wie schaut denn so was aus?“

„Schau'n Sie, dieses Modell in der Auslage gibt's in einem bezaubernden Weiß, einem verführerischen Rosa und einem verträumten Blau!“

„Das ist aber schwer zu entscheiden!“

„Was hat denn Ihre Frau für eine Haarfarbe?“

„Ja, also, die Haare sind blond, das heißt, sie spielen auch manchmal ins Dunkelbrünette …“

„Und die Augen? Was ist sie für ein Typ?“

„Ihre Augenfarbe ist … Hören Sie zu: Sie geben mir jetzt eine Schachtel Gutscheinmünzen, und wir reden nicht mehr darüber!“

Briefe schreiben ist völlig aus der Mode gekommen. Trotzdem bietet gerade Weihnachten eine gute Gelegenheit, wieder einmal Papier und Kugelschreiber zur Hand zu nehmen, für einen netten …

Brief an die Tante

Liebe Tante Hilde!

Mama nervt mich seit einem Jahr damit, dass ich dir einmal schreiben soll, weil du ja schließlich unsere Erbtante bist. Also ist dieser Brief eigentlich der Weihnachtsbrief vom vorigen Jahr. Wann ich den heurigen schreibe, weiß ich noch nicht.

Wir feiern den Heiligen Abend voraussichtlich wieder am 24. Dezember. Einerseits deswegen, weil ich dann Ferien habe und andererseits, weil da meistens was Gutes im Fernsehen ist.

Den Christbaum hat Papa so wie immer aus dem Wald geholt, und ich glaube, es hat ihn dabei auch derselbe Förster erwischt wie im vorigen Jahr. Dafür ist er aber auch wirklich wunderschön und so groß, dass ihn Papa in der Mitte auseinander sägen musste. Der untere Teil steht jetzt im Wohnzimmer und die Spitze im ersten Stock.

Übrigens ist unlängst unser Auto gestohlen worden. Der Papa hat zwar gesagt, die alte Kiste könnte ihm ruhig gestohlen bleiben, aber er ist trotzdem zur Polizei gegangen, damit sie den Dieb schnappt. Papa will ihn nämlich fragen, wie er es geschafft hat, dass der Karren bei dieser Kälte angesprungen ist.

Apropos Auto: Cousine Gaby und ihr Freund haben sich unlängst beide eine schwere Erkältung geholt. Stell dir vor, sie sind ins Autokino gefahren und haben sich den Film ‚Im Winter geschlossen' angeschaut.

Ich freu mich schon sehr auf den Heiligen Abend. Mama wird wieder ‚Ihr Kinderlein kommet' singen, obwohl sie das ganze Jahr über die Pille nimmt, und meine kleine Schwester wird das Klavierstück spielen, bei dem ich immer schon vorher weiß, wo sie die Fehler macht. Und dann kommt natürlich dieses schöne Lied vom kleinen lustigen Owie. Du weißt schon: ‚Stille Nacht, heilige Nacht, Gottes Sohn, o wie lacht'. Liebe Tante Hilde, falls du uns auch beschenken willst, schick die Sachen einfach alle an mich! Ich werde sie dann gerecht verteilen. Voriges Jahr haben die Eltern nämlich die besten Sachen für sich behalten.

Frohe Weihnachten wünscht dir dein Neffe!

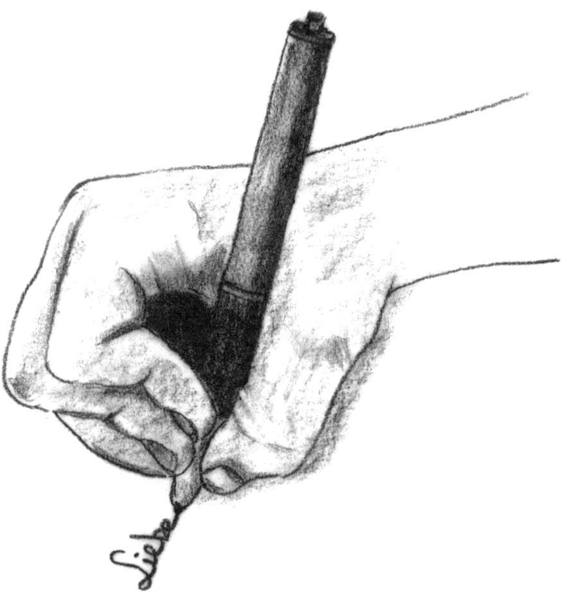

Auch wenn sich in einem Dorf das ganze Jahr über nichts tut, im Advent werden plötzlich alle aktiv. Und so ist es auch zur folgenden Begebenheit gekommen, zu dieser denkwürdigen Geschichte mit dem …

Greibelsteiner Adventstadel

Greibelstein ist eine winzig kleine Ortschaft. Sie besteht aus fünf Wohnhäusern, einem Kircherl, einem Wirtshaus und einer alten Gemeindescheune. Dieses windschiefe Holzgebäude hätte eigentlich schon vor Jahren abgerissen werden sollen, aber sogar dazu fehlte das Geld, denn in Greibelsteins Gemeindekasse gähnt ein Loch.

„Ich sag euch was!“, sagte der Binder Karl am Stammtisch. „Mit der baufälligen Hütten muss endlich was g'scheh'n! Die Schaluppen schaut ja aus wie der Stall von Bethlehem!“

Plötzlich kehrte Stille ein. Der Heinzinger Sepp schaute zum Strutzenberger, der alte Krapfler auf den Huber Vickerl und dieser in sein Krügel Bier. Dann rief der Strutzenberger:

„Das is ja die Lösung! Wir machen in der Hütten an Adventmarkt auf! Mit Musik, Glühwein und dem ganzen Blimel-Blamel! Drüben in Steinkirchen machen's des ja a, und schaut's euch an, wie des eing'schlagen hat! Unlängst war'n s' sogar im Fernsehen, mit diesem Vanillekipferlwettbewerb!“

„Was die Steinkirchner können, des können wir schon lang!“, lautete die einhellige Meinung, und bald herrschte in Greibelstein rege Aktivität.

Der Stadel wurde vom ärgsten Taubendreck befreit, man beschaffte eine Heizkanone und dekorierte die Wände mit Tannenreisig. Die alte Frau Lettenbichler wurde überredet, ihre bestickten Tischdeckerln auszustellen, der Heinzinger Sepp füllte seinen schwarz gebrannten Schnaps in hübsche Flaschen, und die Strutzenbergerin begann mit der massenweisen Produktion von Lebkuchenfiguren. Diese waren bekannt dafür, sehr gut lagerfähig, das heißt steinhart zu sein. Die Greibelsteiner Blasmusik studierte ein paar Weihnachtslieder ein, und der Wirt putzte seinen bewährten Glühweintopf.

Am Abend vor der offiziellen Eröffnung des Greibelsteiner Adventstadels hielt der Musikverein noch eine kleine Probe ab – am Platz davor, weil der Huber Vickerl drinnen noch mit der Montage eines riesigen Adventkranzes beschäftigt war.

Der Balken des wurmstichigen Dachstuhls ächzte unter seinem beachtlichen Gewicht, und plötzlich wurde Vickerl klar, dass er jetzt wirklich schnell sein musste. Er sprang von der Leiter, flüchtete ins Freie, und schon begann sich der Stadel hinter ihm zur Seite zu neigen.

Während die Greibelsteiner Musiker ‚Es ist ein Ros entsprungen' intonierten, brach die ganze Scheune im Zeitlupentempo in sich zusammen.

Glücklicherweise gab es keine Opfer zu beklagen, die im Stadel ausgestellten Sachen musste man aber abschreiben. Nur die steinharten Lebkuchenfiguren der Strutzenbergerin waren völlig unbeschädigt geblieben.

Viele sagen: „Selbst gemachte Geschenke machen halt doch die meiste Freude!“ Ich meine, die kennen nicht …

Renates Geschenke

Es hat begonnen, als Renate noch kleine Kinder hatte. Anfang Dezember setzte sie sich mit ihnen hin und bastelte Weihnachtsgeschenke für Verwandte und Freunde: Serviettenringe zum Beispiel, Topflappen und Strohsterne. Die wurden dann hübsch verpackt und am Tag vor dem Heiligen Abend verteilt.

„Jö, das muss ein Geschenk von Renate sein!“, hieß es dann jedes Mal, wenn man eine ihrer Kreationen irgendwo liegen sah, denn Renates Sinn für Farben ist ganz speziell. Giftgrün und Zuckerlrosa hat sie besonders gern, und das wird von ihr in allen möglichen Varianten verwendet.

Als Renates Kinder größer wurden und das Weihnachtsbasteln verweigerten, ließ die Produktivität ihrer Werkstatt deshalb nicht nach. Im Gegenteil, Renate entwickelte einen großen Ehrgeiz, jedes Jahr etwas Neues zu präsentieren: ein Handyfutteral aus Patchwork zum Beispiel oder einen laubgesägten Notizblockhalter, selbstverständlich bemalt in giftgrün und – Sie wissen schon – zuckerlrosa.

Besonders originell gelangen Renate auch die gehäkelten Toilettenpapiertascherln in Schwammerlform, die umstrickten Kleiderbügel und die Lesezeichen aus Filz.

Alle von Renate beschenkten Menschen hatten inzwischen eigene Kartons angelegt, in denen die so lieb gemeinten Scheußlichkeiten verstaut wurden, doch allmählich platzten sie aus allen Nähten. Die Sachen wegzuwerfen brachte natürlich niemand übers Herz, und auch der Flohmarkt war keine Lösung. Erstens hätte sie dort niemand gekauft, und zweitens bestand ja die Gefahr, dass Renate ihre Basteleien auf diesem Markt entdecken könnte.

So tauchte sogar einmal der Vorschlag auf, die Geschenke kollektiv in einem stillgelegten Salzbergwerk zu deponieren, aber als es dann wieder so weit war und Renate mit gefalteten Krippenfiguren aus Aluminiumfolie, bunt bemalten Kochlöffeln und einem bestickten Futteral für die Zahnpastatube vor der Tür stand, konnte man nicht anders, als dankbar darüber zu lächeln und die Basteleien gehörig zu bewundern.

„Was du dir immer einfallen lässt!“, sagte Renates Cousine unlängst einmal und kam ein wenig mit ihr ins Plaudern.

„Ach Gott!“, klagte Renate. „Ganz ehrlich gesagt, diese Sachen sind ja der reinste Kitsch und völlig unbrauchbar. Aber wenn ich dann sehe, wie sich meine Verwandten und Bekannten darüber freuen, dann denk ich mir halt jedes Jahr wieder: Du musst ihnen irgendwas basteln, und wenn es noch so geschmacklos ist!“

Viele Produkte des täglichen Lebens, die man früher ganz selbstverständlich verwendet hat, werden heutzutage mit exakten Verwendungsvorschriften verkauft. Die Produzenten wollen sich juristisch absichern. Auch bei einem simplen …

X-MAS-TREE

Herzlichen Glückwunsch zum Erwerb dieses biologisch nachhaltig produzierten Christbaums! Damit sie möglichst viel Freude an unserem X-mas-Tree haben, sollten Sie folgende Empfehlungen beachten:

Ihr Weihnachtsbaum besitzt nadelförmige Blätter, die in Finger und Handflächen stechen können. Die Verwendung von Handschuhen kann diese Verletzungen verhindern.

Wenn Sie den X-mas-Tree auf dem Autodach transportieren, empfehlen wir, ihn dort liegend und keinesfalls stehend zu befestigen.

Zum Aufstellen sollte das optional erhältliche Christbaumkreuz X-mas-Unicross verwendet werden. Bei Montage anderer Ständer muss der Durchmesser des zentralen Astträgerstammes an der Befestigungsstelle der Bohrung des Kreuzes entsprechen. Die Gewährleistung erlischt, wenn das Christbaumkreuz am Wipfel des Baumes montiert wird.

Stellen Sie Ihren X-mas-Tree in ihrem Lieblingszimmer auf, beachten Sie aber, dass dadurch Teile des Raumes schwerer zugänglich werden könnten. Falls der Baum sichtbehindernd vor dem TV-Gerät platziert wird, muss mit Fernsehentzugserscheinungen gerechnet werden.

Der X-mas-Tree ist für den Behang mit Glaskugeln, Strohsternen, Windbäckerei, Bonbons und Schokoladefiguren zugelassen. Allerdings machen wir darauf aufmerksam, dass der übermäßige Genuss von Likörfläschchen zu Folgeschäden führen kann, für die X-mas-Tree keine Haftung übernimmt.

Als Beleuchtung wird die im guten Fachhandel erhältliche Lichterkette X-mas-Candle empfohlen. Sollten echte, brennende Kerzen zum Einsatz kommen, retournieren Sie bitte beiliegende Erklärung, dass Sie bei Vermögensverlust durch Feuer an X-mas-Tree keine Forderungen stellen werden.

Für den Fall eines Christbaumbrandes halten Sie bitte folgende Telefonnummer bereit: 02412/1224. Auf dieser Hotline geben wir wertvolle Tipps, wie Sie sich gegenüber einem brennenden Baum verhalten sollten. Unsere MitarbeiterInnen sind rund um die Uhr erreichbar, nur zwischen 24. Dezember und 12. Jänner haben wir Betriebsferien!

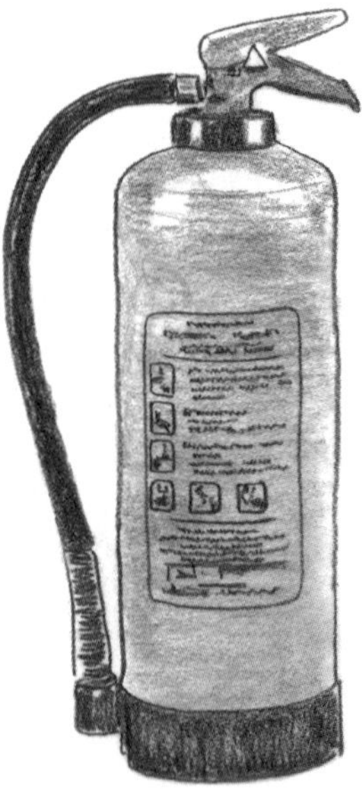

Bescheidenheit ist eine Zier – aber heute praktisch unbekannt. Das sieht man wieder einmal an folgendem …

Wunschbrief

Der kleine Max schreibt intensiv
an's Christkind einen langen Brief:
„Ich wünsch mir heuer, bitte sehr,
ein Handy, wenn das möglich wär,
dann einen Laptop noch dazu
und ordentliche Fußballschuh.
Auch neue Schi wär'n gar nicht dumm,
ein mittleres Aquarium,
und was ich schließlich nicht verschweig:
Ich wünsch mir noch ein Mountainbike!"
„Ob mir das Christkind alles bringt?",
fragt sich der Maxi ganz beschwingt.
„Ich glaube schon, sein Herz ist weich,
und außerdem ist es ja reich,
wenn es die ganze Welt nach Plan
so mühelos beschenken kann!"
Doch später dann zur Heil'gen Nacht,
sieht man, wie Maxi Augen macht.
Nur ein Paar Schi liegt unter'm Baum
und drauf ein Brief, man glaubt es kaum.
Drin steht: „Mein Schatz, ich dank dir recht,
die Wünsche waren gar nicht schlecht,
denn deine Liste, die hat leicht
für sieben Kinder ausgereicht!"

Zu zweit einkaufen gehen kann in mancher Hinsicht von Vorteil sein. Es führt aber leider auch manchmal zu unvorhergesehenem Stress. Insbesondere …

AN DER KASSA

Im Supermarkt war die Hölle los. Die Kunden entwickelten eine Gierigkeit, als stünde eine vierwöchige Lebensmittelkrise bevor. Dabei galt es nur, zwei Weihnachtsfeiertage zu überleben. Auch Sonja und Walter schoben einen voll beladenen Einkaufswagen zum Ausgang, wo vor allen vier Kassen eine lange Menschenschlange stand.

Walter seufzte, aber Sonja sagte nur: „Das macht nichts! Stell du dich einmal hier an, und ich schau inzwischen, ob ich nicht noch irgendwo ein paar hübsche Keksausstecher finde!“

Walter rief noch: „Aber du musst rechtzeitig wieder da sein, weil du das Geldbörsel hast!“, doch Sonja war bereits wieder im Menschengetümmel verschwunden.

Zentimeterweise schob sich Walter zur Kassa vor, doch ging es schließlich schneller, als er es erwartet hatte. Immer nervöser hielt er Ausschau nach seiner Frau, stellte sich auf die Zehenspitzen und streckte den Hals, doch die Lage spitzte sich unaufhaltsam zu.

Aus der Schlange ausscheren konnte er jetzt nicht mehr, und - da war er auch schon dran. So langsam es unter den gegebenen Umständen möglich war, legte er den Inhalt seines Wagens auf das Förderband und beobachtete, wie sich das Kassenfräulein unter fortwährendem Piepsen durch seine Packerln, Sackerln und Flaschen fraß. Wie ein Gerichtsurteil verkündete sie schließlich: „125 Euro 90!“

Wo – war – Sonja? Walter spürte, wie ihn dutzende böse Blicke durchbohrten, weil er noch immer keine Anstalten machte, seine Geldbörse zu zücken.

„Meine Frau …“, sagte er. „Meine Frau hat noch wegen der Keksausstecher geschaut …!“

Das Fräulein an der Kassa starrte ihn völlig verständnislos an. „Bitte??“

„Meine Frau wollte noch …“

„Geht da vorne jetzt was weiter oder nicht?“, rief ein aufgebrachter Kunde aus dem Hintergrund.

„Ich hab jetzt gerade kein Geld …“, murmelte Walter.

„Was haben Sie??“

Ruhig und entschlossen ging ein Mann auf Walter zu und gab sich mit einem Ausweis als Detektiv zu erkennen. Walter verstand so etwas wie „ … versuchter Ladendiebstahl …“, sprang über das Förderband und landete gemeinsam mit einem ganzen Verkaufsständer voller Kaugummi, Batterien und Keksausstecher direkt in den Armen seiner Frau.

„Da bin ich schon!“, sagte sie. „Na super! Du hast die Keksausstecher längst gefunden, und mich lässt du eine halbe Stunde lang suchen!“

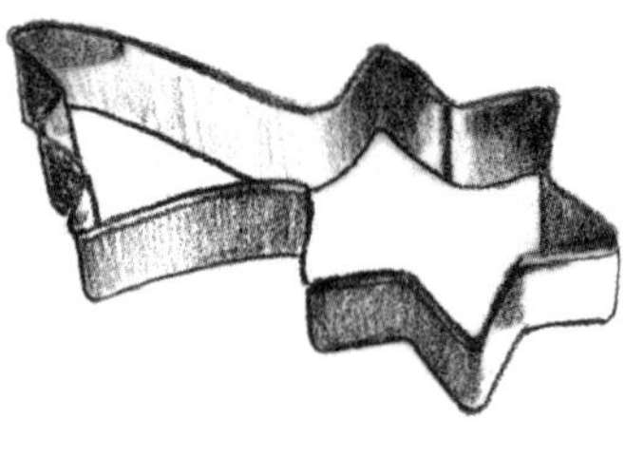

Wenn alle Menschen wie die aufgescheuchten Hühner herumlaufen, muss man sich nicht unbedingt auch noch ganz verrückt machen lassen. In der folgenden Szene haben es Evelin und Karin grundsätzlich ganz richtig gemacht. Sie haben einander zufällig auf der Straße getroffen, sind ganz spontan auf einen Kaffee gegangen, und jetzt ergibt sich ein ganz interessanter …

GESPRÄCHSVERLAUF

Eine Viertelstunde hatten sie im Kaffeehaus angeregt geplaudert, und nun war plötzlich eine kurze Pause entstanden. Der letzte Satz, den Karin gesprochen hatte, lag noch in der Luft: „In mein Müsli war'n die Motten!"

„Entschuldige, was hast du grad g'sagt? Was war wo?", fragte Evelin, nachdem sie einen Schluck von ihrem Cappuccino genommen hatte.

„Die Motten war'n im originalverpackten Müsli!", antwortete Karin. „Aber i waß jetzt selber gar nimmer, wie i drauf kommen bin!"

„I glaub, weil wir grad über g'sunde Ernährung g'sprochen ham!"

„Stimmt! Du hast erzählt, dass du jetzt in a Fitnessstudio gehst!"

„Aber warum hab i des g'sagt? I waß schon, weil i dort jemanden kenneng'lernt hab, der in seiner Freizeit so gern kocht!"

„Komisch, wie samma nur auf dieses Thema kommen?"

„Na, du hast erzählt, dass dein Mann überhaupt kane Hobbies hat, weil er immer so spät von der Firma kommt!"

„Richtig, weil du g'sagt hast, dass wir doch einmal ins Kino gehen könnten. Und wieso hamma vom Kino g'redt?"

„Weil i erzählt hab, dass sie da grad so an guten Film spiel'n, wo sich zwei Freundinnen treffen und was miteinander unternehmen wollen!“

„Des is aber wirklich witzig, wenn man des so zurückverfolgt, wie a Wort des andere ergibt! Gell, auf den Film samma kommen, weil i dich da auf den Kaffee eing’laden hab?“

„Richtig!“

„Aber du hast zuerst g’meint, du hättst ka Zeit für an Kaffee, weil bei dir z’Haus a Weihnachtsstriezel im Rohr steht!“

„Um Gottes Willen! Auf den hab i ja völlig vergessen! Jetzt muss i aber rennen!“

„Lass dir Zeit, der is eh schon schwarz! Wir sollten uns erst no überlegen, wieso wir uns überhaupt troffen ham!“

Heutige Speisekarten sind oft nicht nur ein Verzeichnis der lieferbaren Gerichte, sondern lyrische Kunstwerke. Und so wird auch ein karges Mahl zum stilvollen …

WEIHNACHTSMENÜ

„Wir müssen unsere heurige Weihnachtsfeier absagen!“, erklärte der Leiter der Finanzabteilung. „Wir können uns das in der augenblicklichen Situation einfach nicht leisten, und jeder wird dafür Verständnis haben!“

Der Geschäftsführer sah ihn lange schweigend an. Dann antwortete er: „Das wäre ein völlig falsches Signal! Das spricht sich doch herum, wenn die Leute merken, dass wir nicht einmal mehr so eine kleine Feier veranstalten können. Und das macht gar kein gutes Bild!“

„Eine Weihnachtsfeier ist aber heuer nicht drin!“

„Und ich sage Ihnen, wir machen das!“, beharrte der Geschäftsführer. „Der Koch vom Goldenen Lamm ist ein kreativer Mensch! Der wird uns schon ein Menü hinstellen, das wir bezahlen können!“

Und genau so war es auch. Als Vorspeisenhäppchen gab es für jeden ein kleines Scheibchen herzhaftes Roggenmischbrot mit liebevoll gestrichener Bergbauernbutter von der Milchkuh.

Dann wurde eine klare Bouillon vom Maggi-Suppenwürfel serviert, verfeinert mit dem weißen Gold aus heimischen Salinen und einem Blättchen pflückfrischer Petersilie.

Die Gäste waren begeistert, vor allem von der Art und Weise, wie der Küchenchef die Speisen auf der Karte beschrieben hatte. Als nächsten Gang gab es nämlich ein besonders exotisches Gericht: Saucisses de Francfort im Trialog mit feinem Estragonsenf und geriebener Meerrettichwurzel.

Und auch am Dessert gab es nichts auszusetzen. Man servierte zwei knusprige Butterkeks, zusammengefügt mit feiner Nougatcreme, frisch aus der Prinzenrolle.

Die Weihnachtsfeier wurde ein voller Erfolg. Es kam nicht einmal zu den üblichen Alkoholexzessen, was vielleicht auch daran lag, dass statt Bier und Wein diesmal handgezapftes Quellwasser aus den Tiefen Jahrtausende alter Gesteinsschichten gereicht wurde.

Wirklich hoch hergegangen ist es erst nach dem Ende der Feier im Beisel um die Ecke. Da haben die meisten dann noch was Ordentliches gegessen, zum Beispiel ein klassisches Ragout vom Rind auf pannonische Art in sämig geschmorter Paprikasauce, mit anderen Worten, ein Gulasch!

Man kann ja vom Fernsehprogramm halten was man will. Zu den Feiertagen reißen sich die Sender wirklich zusammen und bringen nur ihre allerbesten …

WEIHNACHTSFILME

Ich freu mich schon immer sehr auf's weihnachtliche TV-Programm. Die vielen schönen Filme, die sie da spielen, sind doch wirklich entzückend. Zunächst einmal Klassiker wie ‚Das Wunder von New York': Mr. Pingle ist zwar der richtige Weihnachtsmann, wird aber als Betrüger angeklagt und erst durch einen geschickten Anwalt rehabilitiert. In einem anderen Streifen fällt Santa Claus vom Dach und wird vom Hausbesitzer gefunden, der sich daraufhin selbst in den Weihnachtsmann verwandelt.

Wirklich witzig ist zum Beispiel der Film ‚O Pannenbaum', in dem so gut wie alle Weihnachtsvorbereitungen schief gehen.

Vor einiger Zeit sind auch die ersten Weihnachtskrimis herausgekommen. In einem ist Santa Claus der Deckname eines Bankräubers, der aber schließlich dadurch gestellt wird, dass er mit einem auffälligen Rentierschlitten flüchtet. Und natürlich hat das Thema auch im Trickfilm Einzug gehalten. Der kleine Clownfisch Nomi wird vom bösen Schleppnetz gefangen, kommt in die Fischkonserve und wird vom Weihnachtsmann im letzten Augenblick mit dem Dosenöffner befreit.

Man merkt, es wird immer schwieriger, etwas Neues zu erfinden. ‚Raumschiff X-Mas 24' mit seinem interstellaren Weihnachtsmann war in meinen Augen nicht wirklich überzeugend, und der Schocker ‚Christmas Horror – Tödliche Geschenke' wirkte auch ein wenig an den Haaren herbeigezogen. Aber was soll man machen, irgendwas muss ja im Fernsehen laufen, während man den Christbaum schmückt.

Ich habe mir deshalb erlaubt, selbst einen Drehbuchvorschlag zu machen. Er liegt schon seit einiger Zeit in den Büros der Filmgesellschaften und Fernsehanstalten, bis jetzt hat aber noch niemand reagiert.

Meine Story geht so: Ein gewisser Nikolaus kommt im dritten Jahrhundert in der heutigen Türkei zur Welt, wird Bischof und verteilt sein geerbtes Vermögen unter den Armen. Er rettet drei unschuldig Verurteilte vor dem Tod, indem er dem Scharfrichter das Schwert aus der Hand reißt und bewahrt drei junge Frauen vor einem Schicksal als Prostituierte, indem er sie mit geschenkten Goldklumpen reich macht. In letzter Sekunde übernimmt er die Navigation eines in Seenot geratenen Schiffes und wirkt während einer großen Hungersnot das Wunder einer Kornvermehrung. Er erweckt drei ermordete Studenten, die der Mörder zerstückelt in einem Salzfass eingepökelt hat, wieder zum Leben … aber, na ja, ich seh schon, dass das für einen heutigen Weihnachtsfilm wahrscheinlich zu langweilig ist!

An festlichen Tagen zieht sich der Mann einfach ein weißes Hemd und den dunklen Anzug an. Frauen haben es da grundsätzlich nicht so leicht. Sie brauchen manchmal ein wenig …

Garderobeberatung

„Schatz, welches Kleid soll ich anziehen?“

„Hm, die sind beide ganz hübsch …“

„Das weiß ich, deshalb hab ich sie mir ja gekauft!“

„Na also, dann ist es ja egal!“

„Dir ist egal, wie ich aussehe?“

„Natürlich nicht, aber wenn beide Kleider gleich schön sind, dann nimm einfach irgendeins!“

„Und welches jetzt?“

„Das grüne!“

„Warum gerade das grüne? Gefällt dir das blaue nicht?“

„Schon, aber das grüne steht dir einfach besser!“

„Aber letztes Mal, wie wir weggegangen sind, hab ich das blaue angehabt, und du hast kein Wort gesagt!“

„Was hätte ich denn sagen sollen?“

„Dass du das blaue hässlich findest?“

„Ich finde es ja nicht hässlich. Ich meine, wenn ich sie so nebeneinander sehe, dann gefällt mir das blaue sogar besser! Um einiges besser!“

„Also soll ich nicht das grüne nehmen …?“

„Nein! Mit dem grünen schaust du aus wie ein …“

„Wie was? Wie ein Laubfrosch?“

„Laubfrosch hast *du* gesagt! Blau ist halt ganz einfach eleganter!“

„Aber zum blauen hab ich keine passenden Schuhe! Das kommt überhaupt nicht in Frage!“

„Das heißt, du wolltest von Anfang an das grüne nehmen? Warum fragst du mich dann überhaupt um meine Meinung?“

„Weil ich ganz sicher gehen will!“

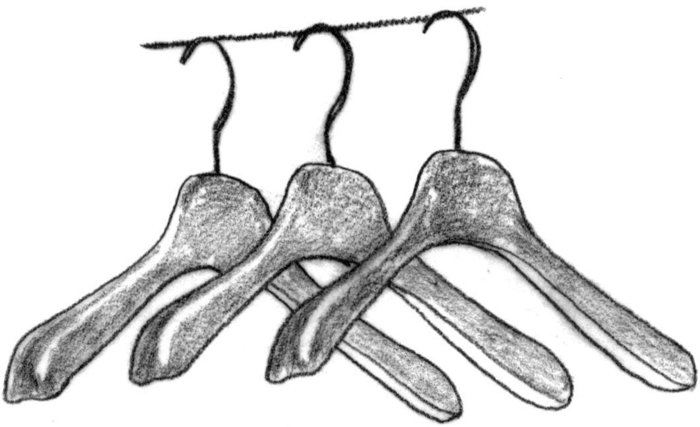

Die meisten Menschen wären wahrscheinlich Vegetarier, wenn sie die Tiere, die sie so gerne essen, vorher persönlich kennen gelernt hätten. Ein gutes Beispiel dafür ist …

Sepperl, der Weihnachtskarpfen

Herr Polacek war ganz stolz auf den Weihnachtskarpfen, den er gerade gekauft hatte. Um sicher zu gehen, etwas wirklich Frisches auf den Tisch zu bekommen, hatte er diesmal einen lebenden Fisch gekauft und in einem Kübel nach Hause transportiert. Da stand nun die ganze Familie im Kreis um den Karpfen und beschloss, den Kerl vorerst einmal in die Badewanne zu setzen. Er schwamm ganz aufgeregt herum, und die kleinen Polacek-Kinder verbrachten erstmals in ihrem Leben freiwillig jede freie Minute im Badezimmer. Sepperl wurde der Karpfen getauft und zu einem neuen Familienmitglied.

Herr Polacek ahnte Probleme. Der 24. Dezember war gekommen und damit der Moment, in dem es Sepperl an den Kragen beziehungsweise die Kiemen gehen sollte. Wie würde er seiner Familie nun erklären, dass der Karpfen ja nicht als Haustier, sondern als Abendessen gedacht war. Die Kinder erhoben jedenfalls sofort lautstarken Protest, und auch Frau Polacek hatte keine Lust, Sepperl etwas anzutun.

„Ich glaube, du magst Karpfen!“, rief ihr Mann, aber sie sagte nur:

„Geh doch einmal ins Badezimmer, schau dem Sepperl in seine unschuldigen Fischaugen, streichle seine Rückenflosse und sag mir dann, ob du ihn wirklich noch essen willst!“

„Aber wir haben es der Oma versprochen, dass es heute Karpfen gibt, wenn sie auf Besuch kommt!“

„Dann wird halt einmal was anderes gegessen! Aber bitte, wenn dir Omas Meinung so wichtig ist, dann soll doch sie entscheiden, was mit dem Sepperl passiert!“

Als die Großmutter am frühen Nachmittag kam, wusste sie nicht wie ihr geschah. Sofort wurde ihr von den Kindern ein kleines Stück Brot in die Hand gedrückt, und man führte sie ins Badezimmer, um Sepperl dort zu füttern. Als sie etwas verwirrt wieder ins Vorzimmer kam, stand da Herr Polacek mit einem Netz und einem Küchenmesser und machte Oma darauf aufmerksam, dass es Zeit wäre, den Karpfen in die Pfanne zu befördern.

„Lasst mich doch erst einmal zur Ruhe kommen!“, seufzte die alte Dame und ließ sich ins Sofa sinken. „Habt ihr vielleicht ein Stamperl Kräuterlikör?“

Was dann weiter geschah, bekamen die Kinder nicht mehr mit, weil sie von Onkel Ferry zum Besuch einer Modelleisenbahnausstellung abgeholt wurden.

Erst unmittelbar vor der Bescherung kehrten sie zurück. Das Glöckchen bimmelte, sie traten ins Wohnzimmer und trauten ihren Augen nicht: Unter dem Christbaum war das Planschbekken aufgebaut, das im Sommer immer auf der Terrasse stand, und drinnen zog ein vergnügter Sepperl seine Kreise.

Zwei Tage später durfte er auch wieder in seinen Karpfenteich zurückkehren, und bei Familie Polacek gibt es zu Weihnachten seitdem traditionellerweise Käsefondue.

Fisch ist nicht jedermanns Sache. Manche bevorzugen …

WEIHNACHTSGÄNSE

Frau Müller kauft für's Weihnachtsfest
das Feinste, was sich denken lässt.
Sie hat schon alles, was ihr schmeckt,
nur eines hat sie nicht entdeckt.
So fragt sie die Verkäuferin,
die schlichtet g'rade vor sich hin:
„Mein Fräulein, sagen Sie mir ans:
Wo gibt's denn da a Weihnachtsgans?"
„Da drüben!", meint die junge Frau.
„Ich zeig's Ihnen gleich ganz genau.
Es kommt drauf an, was Sie gern woll'n,
a Gans aus Ungarn oder Pol'n,
aus Portugal, vom Nordseestrand,
vielleicht aus unserm eig'nen Land?"
Drauf sagt die Müller: „Wissen Sie,
das ist mir wurscht jetzt irgendwie,
weil diese Gans nur schmecken sollt
und ich nix mit ihr reden wollt!"

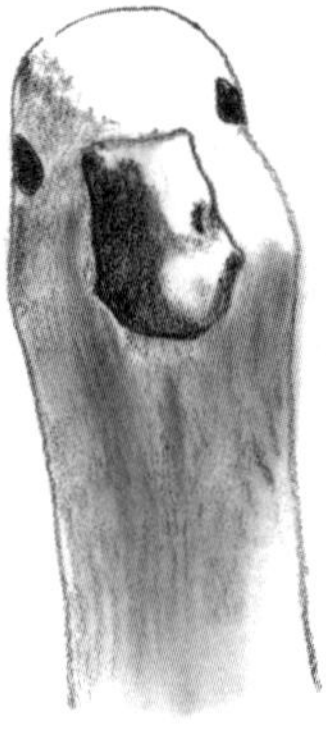

Sie haben sie wahrscheinlich auch schon gehabt. Sie kommt unvermittelt daher, als wollte uns der eigene Körper mit voller Absicht einen Streich spielen:

DIE WEIHNACHTSGRIPPE

Jetzt einmal ganz im Ernst. Weihnachten ist für den menschlichen Organismus eine extreme Belastung. Allein der Gedanke an die viele Arbeit und das zwanghafte Nachdenken über passende Geschenke führt zu einem deutlich erhöhten Stresspegel, der sich schon im November feststellen lässt.

Dieser kollektiven Gereiztheit kann man sich gar nicht entziehen. Selbst wenn es einem gelingen sollte, mit Hilfe verschiedener mentaler Techniken die persönliche Ausgeglichenheit zu bewahren, wird man früher oder später von einem völlig ausgeflippten Mitmenschen in den Strudel gerissen.

Und auch der Körper wird gefordert. Im Beruf fällt deutlich mehr Arbeit an, und jeder Einkauf wird zur Tortur. Da denkt sich manch einer: ‚Jetzt nur nicht krank werden! Auch wenn man durch nasse und matschige Straßen läuft, zwischen überheizten Räumen und eiskalten Winterstürmen pendelt, jetzt darf ganz einfach nichts passieren!'

Und wirklich: Eiserne Disziplin und kiloweise eingenommenes Vitamin C tun ihre Wirkung. Man hält sich aufrecht, man schafft die ganze Vorweihnachtszeit ohne Zusammenbruch. Erst dann, wenn der Christbaum steht und alles fertig ist, bekommt man plötzlich Halsweh, Fieber und die ganze Palette bekannter Grippesymptome. Jetzt, da man endlich Urlaub hätte, liegt man krank danieder.

Aber das muss nicht so sein! Mit ein wenig Psychologie kann man diesen Kollaps ganz leicht verhindern! Lassen Sie sich am

24. Dezember nicht einfach fallen, und halten Sie ihre Spannung bis zum ersten Arbeitstag nach Weihnachten durch! Nachher hat das Krankwerden wenigstens einen Sinn.

Schreiben Sie mir, welche Erfahrungen Sie heuer mit der lästigen Weihnachtsgrippe gemacht haben. Ich werde bestimmt genügend Zeit finden, ihre Briefe und Mails zu lesen, denn ich habe gestern am Heiligen Abend plötzlich Halsschmerzen bekommen und muss die nächsten Tage wahrscheinlich im Bett verbringen.

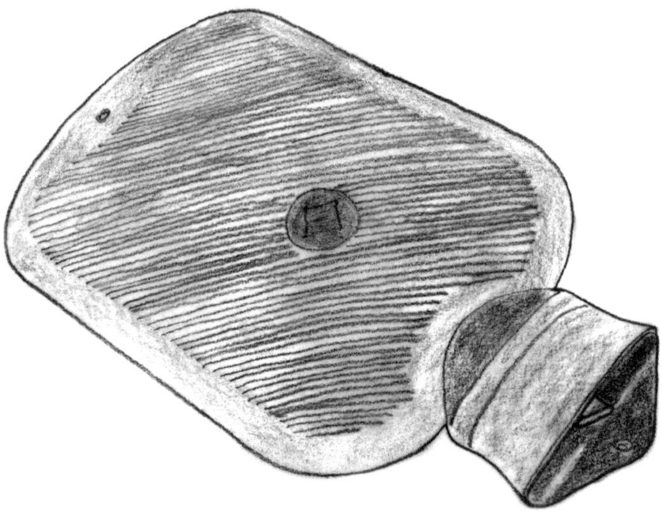

Man kann sich das vielleicht nicht so vorstellen, aber auch im Himmel geht man mit der Zeit. Unlängst gab es sogar …

Ein Navi für den Weihnachtsmann

Dass der Weihnachtsmann eine Ortskenntnis hat wie früher die Taxifahrer, liegt auf der Hand. Voriges Jahr ist ihm aber bei seiner Geschenkezustellung ein Navigationsgerät übrig geblieben, und so beschloss der gute alte Mann, dieses Gerät einmal selbst praktisch auszuprobieren. Die jungen Engel im Himmel hatten ihn schon damit aufgezogen, dass er von vorgestern war.

„Ich brauch so was nicht!“, sagte er immer, doch nun hatte die Neugier gesiegt.

Bedächtig tippte der Weihnachtsmann die erste Adresse in sein Gerät, und Sekunden später meldete sich auch schon eine erotische Stimme: „Das Land ihrer Zieladresse befindet sich leider nicht in der Datenbank. Ergänzen Sie das Kartenmaterial und wiederholen Sie ihre Eingabe!“

Der Weihnachtsmann runzelte die Stirn. Dann gab er das Navi einem blassen, etwas dicklichen Engel, der sich mit Computern bestens auskannte und dafür bekannt war, dass er sich ausschließlich von Pizza ernährte, wenn er vor dem Bildschirm saß.

„Ich bring dir eine große Diavolo, wenn du mir das Ding herrichtest!“, sagte der Weihnachtsmann, und der Computerengel machte ein ganz gieriges Gesicht, weil eine Pizza Diavolo im Himmel natürlich normalerweise nicht zu bekommen war.

Am nächsten Morgen hatte er die Arbeit jedenfalls getan. Der Weihnachtsmann setzte sich wieder auf seinen Schlitten, und das Navi sagte:

„Fahren Sie zwei Millionen Lichtjahre geradeaus und nach der fünften Galaxie links!"

Komisch, dachte er noch, normalerweise fahre ich doch immer rechts, aber der Navigationscomputer musste es ja schließlich wissen.

Auf diese Weise kam der Weihnachtsmann zum ersten Mal in seinem Leben ins Sternbild der Zwillinge, was zwar interessant aber nicht in seiner Absicht war. Das Navi hatte seinen Fehler inzwischen selbst erkannt und sagte:

„Machen Sie beim Großen Bären kehrt und fahren Sie dreitausend Lichtjahre zur Erde!"

Der Weihnachtsmann musste daran denken, dass er jetzt schon gehörige Verspätung hatte, aber mit Hilfe der Satellitennavigation war die Zeit ja sicher spielend einzuholen. Nachdem er die ersten paar Geschenke abgeliefert hatte, schickte ihn sein Computer auf den Mond.

„Du kannst mich doch … anbeten!", rief der Weihnachtsmann und fühlte sich zum ersten Mal nicht so gelassen wie sonst.

Er wiederholte die Eingabe auf dem Gerät und wunderte sich, dass er jetzt eine wirklich vernünftige Anweisung bekam. Das kann nur eine Falle sein, dachte er, nahm einen völlig anderen Weg und verfranste sich hoffnungslos in der Gegend von St.Pölten.

So ging es weiter dahin. Das letzte Geschenk stellte der Weihnachtsmann schließlich am 23. Februar zu: ein Navigationsgerät, das sich die Beschenkte, die 95-jährige Bewohnerin eines Altersheims, nie in ihrem langen Leben gewünscht hatte. Aber Hauptsache, er war das blöde Kastel los!

Für die einen ist er kein Problem, für andere dagegen eine Beleidigung ihres ästhetischen Empfindens …

Der schiefe Baum

„Der Bam is schief!", schimpfte der Mann.

„Red doch net! Der steht so grad wie immer!", verteidigte sich seine Frau.

„Wie immer! Du sagst es! Wenn du den aufstellst, is er nämlich *immer* schief!"

„Also, wenn i von da schau, is er hundertprozentig grad!"

„Dann schau amal von der Seiten!"

„Niemand wird jemals da von der Seiten schau'n!"

„Bin i vielleicht niemand?"

„Du stehst ja a nur da, weil du mir wieder beweisen willst, dass i kan Bam aufstellen kann!"

„I hab net g'sagt, dass du ihn net *aufstellen* kannst. Er steht ja, nur leider net grad!"

„Des is doch wurscht! Im Wald is er wahrscheinlich a net ganz grad g'standen!"

„Im Wald kann der Bam machen, was er will. Des is die freie Natur. Aber bei uns im Wohnzimmer muss er gefälligst ordentlich stehn!"

„Was verstehst du unter ordentlich?"

„Ordentlich is grad!"

„Was machst du jetzt mit mein Diätratgeber?"

„I leg ihn da unter's Christbaumkreuz! Des is genau der Zentimeter, den ma brauchen!“

„Nimm doch dein Modellbaukatalog!“

„Den möcht i no lesen!“

„Aber meine Bücher willst du drunter legen! Nur damit du dein neurotischen Tick ausleben kannst!“

„Des is ka neurotischer Tick, sondern das Gesetz der Statik! Wenn ma den Bam jetzt zum Beispiel no ungleichmäßig schmückt, dann fallt er um!“

„Der is no nie umg’fallen!“

„Aber nur, weil i den Bam immer nachträglich austariert hab! Weil a Frau des einfach net so kann!“

„Was redst du da für an Blödsinn?“

„A Mann hat einfach des bessere technische Verständnis. Und deswegen mach den Bam in Zukunft i!“

„Sonst hast doch nie a Zeit dafür!“

„Die Zeit muss i ma halt nehmen. Weil a schiefer Christbam einfach nix is!“

Die Ehefrau klatschte in Gedanken in die Hände. Endlich hatte sie ihren Mann so weit, denn dass der Baum schief stand, hatte sie selber auch gesehen.

Noch einmal zurück zum dankbaren Thema ‚Männer und Weihnachtseinkäufe'. Darüber könnte man ja alleine schon ein ganzes Buch schreiben. Ein Kapitel müsste lauten …

In letzter Minute

Wenn ein Mann am Vormittag des 24. Dezember sagt, dass er noch einmal kurz weg muss, dann bedeutet das: Er hat noch keine Geschenke besorgt.

Zu diesem Zeitpunkt liegen die Gaben der Frau vielleicht schon seit Wochen fertig eingepackt im Kasten, denn sie war ja im Grunde schon das ganze Jahr über auf der Suche nach passenden Präsenten. Wenn man aus irgendeinem Grund plötzlich Ende September Weihnachten feiern müsste, wäre sie vorbereitet.

Dem Mann dringt die Tatsache der bevorstehenden Feiertage bestenfalls am dritten Adventsonntag ins Bewusstsein, doch für einen Einkaufsbummel ist das für ihn noch viel zu früh. Er geht erst los, wenn die Sorge, im entscheidenden Moment ohne Geschenke dazustehen, größer wird, als seine grundsätzliche Abneigung gegen das Einkaufen. Und das ist eben am 24. Dezember vormittags der Fall.

Der Anteil der männlichen Kunden liegt in den Geschäften in diesen paar Stunden bei 80 Prozent, und die Stimmung ist zum Zerreißen gespannt.

Das Verkaufspersonal weiß, dass es jetzt fast alles anbringen kann. Sätze wie „Das nehmen die Damen heute sehr gern!" lösen bei den Männern Stoßseufzer der Erleichterung aus. Mit der Frage „Soll ma's gleich geschenkmäßig verpacken?" ist der Kauf dann auch schon perfekt.

Je näher der Geschäftsschluss kommt, desto niedriger sinkt die Entscheidungsschwelle. Wo man am Vortag noch überlegt hätte, ob man ein Ding kaufen soll oder nicht, da würde man nun bedenkenlos zugreifen, nur ist es jetzt halt leider weg. Man könnte sich ohrfeigen.

In dieser Stimmung hat man schon Männer beobachtet, die in der aufkeimenden Panik wahllos einfach ganze Verkaufsregale zur Kassa getragen haben.

Und dann kommt der Moment. Die letzten Kunden werden auf die Straße geschoben, und es ist, als schließe sich der Ozean über der sinkenden Titanic. Begleitet vom Rasseln der Rollläden besehen sich die Männer, was sie eigentlich gerade gekauft haben und beschließen, das nächste Mal mit der Shoppingtour noch eine halbe Stunde später zu beginnen. Denn wie man sieht, sind die letzten Minuten ja doch die effektivsten!

Man mag an sie glauben oder nicht. Unlängst hat sie aber wieder einmal bewiesen, was sie kann, die alte Kunst der …

ASTROLOGIE

Da soll doch noch einmal einer behaupten, an der Astrologie wäre nichts dran. Gestern, am 24. Dezember, schlage ich in der Zeitung die Seite mit den Horoskopen auf und lese folgendes:

Sie erleben heute einen ganz außergewöhnlichen Tag. So sehr Sie normalerweise ein aufgeräumtes und sauberes Wohnzimmer schätzen, heute werden Sie einen ganzen Baum in die Wohnung tragen, überall Nadeln verstreuen und auf dem Teppich ein paar klebrige Harzflecken machen. Es wird Ihnen dann gelingen, diesen Baum aufzustellen und mit allerhand Zeug bis zur Unkenntlichkeit zu behängen, wobei nach längerer Fehlersuche sogar die Lichterkette funktionieren sollte.

Ein paar Stunden später werden Sie mit der Familie das Zimmer betreten und so tun, als hätten Sie den Baum noch nie gesehen. Sie werden Lieder singen, obwohl sie das aus guten Gründen das ganze Jahr über bleiben lassen und sich über Geschenke freuen, die man entweder nicht brauchen kann oder sowieso vorher gemeinsam gekauft hat.

Dann machen Sie Fotos, die so aussehen wie alle anderen Weihnachtsbilder in Ihrem Familienalbum, sodass man später nicht mehr wissen wird, in welchem Jahr sie eigentlich aufgenommen worden sind.

Und schließlich werden Sie eine Gans verspeisen und sich dabei fragen, ob es gesund sein kann, um diese Zeit noch etwas so Fettes zu essen. Die Gans wird Ihnen zwar schme-

cken, aber nachher werden Sie so müde sein, dass ein Besuch der Mitternachtsmette nicht mehr in Frage kommt.

Ich sage Ihnen, es ist alles genau so gekommen, wie es in diesem Horoskop beschrieben war. Ist das nicht ganz und gar unglaublich?

Dass Jesus in einem einfachen Stall geboren wurde, geht angeblich darauf zurück, dass die Bethlehemer Beherbergungsbetriebe seinerzeit keinen Platz mehr hatten. Josef war daran jedenfalls …

UNSCHULDIG

Maria und der Josef zieh'n
jetzt stundenlang schon her und hin,
und niemand gibt ihnen Quartier,
man hört nur: "Alles voll bei mir!"
Der Josef giftet sich schon sehr
und sagt zu einem Wirt: „Schau'n S' her:
Sind Sie so herzlos oder blind?
Die Frau erwartet doch ein Kind!"
Da brummt der Wirt durch seine Tür:
„Kann ich vielleicht da was dafür?"
Der Josef darauf ärgerlich:
„Na bitte, glauben Sie denn ich?"

Es ist nur ein kleines Detail im Ablauf des Heiligen Abends. Und doch spielt es eine wichtige Rolle:

DAS GLÖCKCHEN

Willi hatte für die Bescherung alles hergerichtet. Der Baum war fertig aufgeputzt, der Anzünder für die Kerzen lag bereit und für alle Fälle sogar der Feuerlöscher. Auch an eine Batterie für die Kripperlbeleuchtung hatte Willi diesmal gedacht, nur eines machte ihm Sorgen: Es fehlte das Glöckchen. Normalerweise lag es in der Weihnachtskiste bei den Drahthäkchen für den Christbaumschmuck.

„Liebling, weißt du, wo das Glockerl ist?“, fragte er seine Frau, aber die antwortete nur: „Wahrscheinlich dort, wo du es vor einem Jahr hingegeben hast!“

Willi versuchte sich zu erinnern. Zuerst hatte er geklingelt, und dann war er so wie immer ins Vorzimmer geschlichen, um die wartenden Kinder zu fragen: „Habt ihr's gehört? Da hat's doch gerade geläutet!“ Aber wo das Glöckchen dann in der Eile hingekommen war, das wusste er nicht mehr.

„Wenn du es nicht bald findest, wirst du eben ein anderes Glockerl nehmen!“, rief seine Frau. „Ich muss mich jetzt ums Essen kümmern!“

„Ein anderes Glockerl ...?“, Willi machte ein ratloses Gesicht.

Fünf Minuten später läutete er bei Frau Cibulka im zweiten Stock.

„Entschuldigen Sie vielmals, aber können Sie mir sagen, wann Sie heute mit Ihrer Bescherung beginnen?“

„In einer Stunde!“, antwortete Frau Cibulka.

„Ich wollte nämlich fragen, ob Sie uns danach vielleicht ihr

Glöckchen borgen könnten. Oder sie feiern ein bisserl später, damit wir unsere Bescherung noch vorher unterbringen!"

„Tut mir leid, wir haben gar kein Glöckchen!", sagte Frau Cibulka. „Aber ich wollte eh grad zu den Zieglers in den dritten Stock gehen, um ihnen ein Glaserl Majoran zu borgen. Wenn Sie ihnen den rauf bringen, würden Sie mir einen großen Gefallen tun, und die werden Ihnen dann sicher helfen können!"

„Ich bring Ihnen den Majoran von Frau Cibulka!", sagte Willi kurz darauf zu Herrn Ziegler, doch der schaute ihn nur ratlos an.

„Das muss meine Frau ausgemacht haben, die ist gerade nebenan bei den Mayerhofers. Aber Sie schickt der Himmel! Könnten Sie mir kurz helfen, den Christbaum ein Stück kürzer zu sägen?"

„Haben Sie vielleicht ein Glockerl?"

„Ja, ja, da schau ma dann gleich, aber erst machen wir bitte den Baum!"

Die Säge erwies sich als zu stumpf, und so beschloss Herr Ziegler, den Hausmeister im Parterre um ein besseres Werkzeug zu bitten.

„Bin gleich wieder da!", rief er und warf die Tür hinter sich zu.

Willi ließ sich mit der Säge in der Hand in einen Polstersessel fallen und hörte im nächsten Augenblick einen schrillen Schrei. Frau Ziegler war von den Nachbarn zurückgekehrt und glaubte einen bewaffneten Einbrecher vor sich zu haben. Sie stürzte sofort wieder aus der Wohnung, Willi lief ihr nach und rief:

„So warten Sie doch! Ich hab für Sie ein Glaserl Majoran!"

Überall im Haus gingen die Türen auf, und als Willi an der Wohnung des ehemaligen Profiboxers Walter Dögler vorüber kam, wurde er von diesem mit einem gezielten Schlag ins Reich der

Träume geschickt. Willi hörte tausend Weihnachtsglöckchen läuten. Er hätte sie nur von einem riesigen Christbaum holen müssen, aber dazu wäre die scharfe Säge des Hausmeisters nötig gewesen.

Schließlich erwachte er in den Armen seiner Gattin.

„Tut mir leid, ich hab Sie im dunklen Gang nicht erkannt!“, sagte Walter Dögler, der Boxer, und Willis Frau murmelte vorwurfsvoll:

„Ich weiß wirklich nicht, was du da im Haus getrieben hast, während ich mich in der Küche abgerackert hab. Dabei ist übrigens auch das Glöckchen wieder aufgetaucht. Es war in der Keksdose. Aber ich weiß noch ganz genau, wie ich dir vor einem Jahr gesagt hab, lass mich ja nicht vergessen, dass es da drinnen ist!“

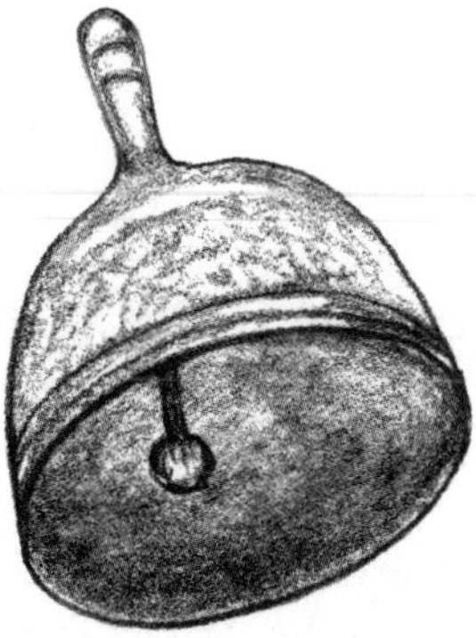

Es gibt in jeder Familie Sätze, die im Lauf der Jahre zu geflügelten Worten geworden sind. Hier geht es um …

Omas letzte Weihnachten

Ich weiß gar nicht mehr, wann Großmutter zum ersten Mal gesagt hat: „Das ist heuer mein letztes Weihnachten!"

Ich kann mich aber sehr gut erinnern, dass es zu einer Zeit geschah, in der dieser Satz, rückblickend gesehen, ausgesprochen unsinnig war. Er hatte damals wahrscheinlich auch nur den Zweck, die Kinder und Enkelkinder zu häufigeren Besuchen und Telefonaten zu motivieren, aber das funktionierte nicht. Es hieß nur: „Oma! Wer wird denn an so was denken, du wirst doch mindestens 90 Jahre alt!"

„Das ist heuer mein letztes Weihnachten!" kam fortan jedes Jahr und zwar immer dann, wenn sich Großmutter gemütlich in den Fauteuil gesetzt hatte und das Auspacken der Geschenke begann.

Alle warteten schon darauf, und wenn sie den Satz sagte, ging ein verstohlenes Schmunzeln durch die ganze versammelte Familie.

Nur einmal machte uns Oma Sorgen. Das Stille Nacht war gerade abgesungen, Großmutter setzte sich hin, und dann geschah – nichts!

Alle schauten sie erwartungsvoll an, aber sie blickte nur gedankenverloren auf den strahlenden Christbaum.

„Oma!", sagte meine Schwester. „Ist dir irgendwie nicht gut?"

„Aber ja!", antwortete diese. „Ich finde nur, dass es hier drinnen ziemlich warm ist!"

„Hast du Fieber? Sollen wir dir einen kalten Umschlag machen?

Oder das Fenster öffnen?"

Alle bemühten sich um Oma, und mein Vater suchte im Telefonbuch nach der Nummer des Ärztenotdienstes. Keiner rührte seine Geschenke an, jeder war beunruhigt.

Oma wunderte sich ein wenig und sagte schließlich: „Mir geht es gut! Wirklich! Obwohl ich leider ganz sicher bin, dass das heuer mein letztes Weihnachten ist!"

Alle brachen in Jubel aus. Oma bekam mehrere Küsse, und dann wurde mit dem Auspacken begonnen.

Übrigens, Oma ist wirklich über 90 Jahre alt geworden!

‚Driving home for Christmas' singt Chris Rea in einem oft gespielten Lied. In der folgenden Geschichte ist ein junger Mann ebenfalls gerade auf der ...

HEIMFAHRT

Berni saß im Zug und fuhr zu seinen Eltern. Seit er seinen neuen Job in der Stadt hatte, war er nur mehr ganz selten daheim, aber heute am 24. Dezember musste es natürlich sein.

Berni schaute durch's Waggonfenster in die vorbeigleitende Winterlandschaft, die schon allmählich in der blauen Dämmerung versank. Die Luft im überheizten Abteil und das gleichmäßige Fahrgeräusch machten ihn müde. Als er sich zurücklehnte sah er auf der Polsterbank gegenüber plötzlich einen kleinen Buben sitzen.

„Fahrst du auch nach Haus zur Mama?", fragte der Kleine, und als Berni nickte, plauderte er gleich weiter. „Ich bin schon neugierig, was heute das Christkind bringt, aber ich hoffe auch, dass sich meine Mutter über meinen selbst gebastelten Weihnachtsstern freut. Und der Papa kriegt diesmal einen Gutschein für drei Mal Auto waschen. Auf jeden Fall werd ich wieder meine Eisenbahn aufbauen und den Goldhamster in den Güterwagen setzen!"

„Das kommt mir bekannt vor!", sagte Berni. „Und das mit dem Weihnachtsstern und dem Gutschein auch." Er erinnerte sich, dass er das Auto putzen dem Vater nach 20 Jahren noch immer schuldig war.

„Aber weißt du, was für mich am schönsten ist? Wenn die Tür aufgeht und man ins Wohnzimmer mit diesen vielen Kerzen geht! Da glaubst du, du gehst in ein Zauberland!"

„Das hab ich mir früher auch immer gedacht!"

„Und jetzt nicht mehr?“

„Jetzt ist es anders …“

„Aber die kleine Spieluhr mit der Stillen Nacht hast du hoffentlich noch?“

Berni fiel die Zeitung auf den Boden, die auf seinen Knien gelegen war, hob sie auf und sagte: „Die Spieluhr müsste eigentlich noch da sein …“. Aber er merkte gleich, dass er ins Leere gesprochen hatte. Er saß allein im Abteil, und nichts deutete darauf hin, dass hier gerade noch jemand gewesen war.

Im Haus der Eltern fand Berni die Spieluhr schon nach kurzer Suche in einer Lade seines ehemaligen Zimmers. Er entdeckte dabei auch einen Bogen Aluminiumfolie, aus der er schnell einen Weihnachtsstern für seine Mutter bastelte, und am nächsten Tag machte er sich mit Staubsauger und Putzlappen über Vaters Auto her.

Dazwischen lag ein Heiliger Abend im guten alten Zauberland.

GERTI

Die Spannung des Weihnachtsabends erreicht gerade ihren Höhepunkt. Das Glöckchen hat geläutet und Sie stehen vor dem wunderschönen Christbaum. Genau in diesem Augenblick schrillt das Telefon, und Sie wissen, es ist ein …

Anruf von Tante Gerti

Schon seit Jahrzehnten wird immer wieder versucht, das Phänomen der Gedankenübertragung wissenschaftlich nachzuweisen. Es ist bisher nicht eindeutig gelungen, sodass meine persönlichen Erfahrungen auf diesem Gebiet bestimmt auf Interesse stoßen werden.

Gedankenübertragung funktioniert, zumindest mit Tante Gerti! Immer dann, wenn ich daran denke, dass ein Anruf jetzt sehr ungünstig wäre, läutet das Telefon, und sie ist dran. Das klappt wenn ich gerade am Klo sitze, unter der Dusche stehe oder am Einschlafen bin.

„Stör ich?", fragt Tante Gerti stets, ohne sich allerdings jemals mit dem Sinn dieser Frage aufzuhalten. Es ist auch völlig egal, was man darauf antwortet, denn sie fängt sofort zu reden an und hört unter zehn Minuten nicht wieder auf.

Nun werden Sie sagen, dass es doch genügen müsste, einfach nicht an Tante Gerti zu denken! Aber das nützt nichts, weil sie offensichtlich einen direkten Draht zu meinem Unterbewusstsein gefunden hat. Schon allein der Vorgang der Gedankenverdrängung kann bei ihr den Anrufreflex auslösen.

Angenommen ich sitze im Auto und beginne mit einem Überholmanöver. Dann ist mein Gehirn natürlich mit komplizierten Weg- und Geschwindigkeitsberechnungen beschäftigt. Ein paar unterbeschäftigte Neuronen spielen aber auch mit der Befürchtung, dass gerade jetzt, im ungünstigsten Moment, ein Anruf von Tante Gerti einlangen könnte. Und er kommt. Er kommt auch während einer wichtigen Sitzung in der Firma oder wenn man vor der Bescherung gespannt auf das Klingeln des Christkinds wartet. Er erreicht mich, wenn ich einen Fonduetopf mit heißem Öl durch die Küche trage oder beim Kleingeldzählen gerade bei 86 Euro 20 bin. All das sind Sternstunden von Tante Gerti.

Doch wenn diese Gedankenübertragung schon so wunderbar funktioniert, überlegte ich, dann sollte man das doch wenigstens publizistisch verwerten. Also lud ich einige Wissenschafter und Journalisten zu mir nach Hause und begann mit meinen bewährtesten telepathischen Versuchen.

Ich schüttete einen Berg Münzen auf den Tisch und zählte sie. Meine Gäste schauten mich verwundert an, doch ich sagte nur: „Sie werden schon sehen, gleich läutet das Telefon!"

Nachdem ich die Münzen überraschenderweise völlig ungestört gezählt hatte, ging ich unter die Dusche. 20 Minuten wartete mein Publikum vor der Badezimmertür, dann musste ich zugeben, dass auch dieses Experiment misslungen war. Jetzt kam allerdings noch der Trick mit dem heißen Öl, und der hatte ja bisher immer funktioniert.

Ich balancierte den aufgeheizten Fonduetopf in der Küche so lange hin und her, bis einer meiner Gäste den Oberarzt der Nervenheilanstalt verständigte. Nachdem man mir den Fonduetopf mit sanfter Gewalt aus den Händen genommen hatte und ich mit einer Zwangsjacke im Rettungsauto saß, läutete mein Handy. Einer der Sanitäter nahm es aus meiner Tasche und sagte: „Jetzt ist es gerade ungünstig, aber ich werd's ihm ausrichten … verstehe ... schönen Gruß von Tante Gerti!"

Kaiserin Elisabeth soll dafür geschwärmt haben. Es blüht zwar ziemlich unauffällig, aber sein Duft ist nicht jederfraus Sache. Ich meine das …

VEILCHEN

Was ist zu tun, wenn man ein Geschenk bekommt, das man eigentlich nicht so toll findet? Zunächst einmal heißt es: keine Begeisterung heucheln. Die wird nämlich leicht durchschaut. Kommt sie dagegen allzu überzeugend, kann es sein, dass man bei nächster Gelegenheit wieder das gleiche bekommt.

Am besten sind neutrale Ausrufe wie „Das ist aber lieb, dass du an mich gedacht hast“ oder „Wo hast du denn das entdeckt?“. Das gibt einem nämlich die kleine Chance, das ungeliebte Geschenk umzutauschen.

Ein klassisches Beispiel für eine völlig verfahrene Situation ist folgendes: Vor Jahren hat meine Frau von einer guten Freundin einmal eine Flasche Veilchenparfum bekommen, obwohl sie diesen Duft überhaupt nicht mag. Außer an wirklichen, lebendigen Veilchen.

Meine Frau bedankte sich für dieses bestimmt gar nicht billige Geschenk eine Spur zu überschwänglich, sodass die Freundin annehmen musste, genau ins Schwarze getroffen zu haben. Seither schenkt sie dieses Veilchenparfum zu Weihnachten mit unerbittlicher Regelmäßigkeit. Sie lässt es sich auch deutlich anmerken, dass ihr die Besorgung dieses Luxusartikels gar nicht so leicht fällt und erwartet sich jedes Mal einen Freudenausbruch, der den des Vorjahres nach Möglichkeit noch übertreffen sollte.

Da kommt meine Frau jetzt nicht mehr raus, und das Blöde ist, dass es sich inzwischen in der ganzen Bekanntschaft herumgesprochen hat, dass sie nach Veilchenduft geradezu süchtig ist. Daher bekommt sie von allen Seiten Veilchenseife, Veilchentee, Veilchenkonfekt, duftende Veilchenservietten und was eben sonst noch alles auf dem Veilchensektor zu kaufen ist.

Wir haben zu Hause vor ein paar Jahren eine luftdicht verschließbare Veilchenkammer eingerichtet, wo wir die Sachen sammeln. Aber wenn Sie das Zeug interessiert, können Sie sich bei uns melden. Seriöse Interessenten wenden sich unter dem Kennwort ‚Veilchen' an den Verlag.

Bei Dingen, die sich bewährt haben, sollte man grundsätzlich bleiben. Das gilt aber nicht für …

Die Krawatte

Tante Liesl wundert sich
und sagt etwas ärgerlich:
„Zwanzig Jahre sind's, ich denk,
dass ich dir Krawatten schenk,
rot gestreift mit dunkelblau,
immer gleich fast ganz genau.
Jedes Jahr hast dich gefreut,
was ist los, frag ich mich heut?
Jetzt auf einmal, bitte sehr,
da gefall'n sie dir nicht mehr?"

Julia hat zu Weihnachten einen Fotoapparat bekommen, und jetzt ist sie …

Die kleine Reporterin

„Bitte alle herschauen!“, rief die kleine Julia und drückte auf den Auslöser ihrer neuen Digitalkamera.

„Du machst das ja wie eine richtige Reporterin!“, sagte der Opa. „Was hast du denn schon alles fotografiert?“

„Na, was es halt so gibt: die Familie, unser Haus und den Garten! Außerdem kann ich mit dem Apparat sogar richtige Videos machen!“

Der Opa staunte, setzte sich die Brillen auf und versuchte, auf dem kleinen Bildschirm der Kamera irgend etwas zu erkennen.

„Da ist zum Beispiel die Mama, wie sie am Christtag gerade herumschreit, dass ihr die ganze Verwandtschaft schon fürchterlich auf die Nerven geht. Und das ist der Papa am Klo, wie er vergessen hat, die Tür abzusperren! Willst du noch was sehen?“

„Ja, was hast du denn sonst noch alles aufgenommen?“, fragte der Opa etwas betroffen.

„Also noch ganz viel! Zum Beispiel meinen Bruder, wie er gerade die Katze vom Nachbarn mit Schneebällen beschießt, da ist die Mama in der Badewanne, und da siehst du noch einmal den Papa!“

„Was macht er denn da?“

„Da hat er mit dem Auto auf der rutschigen Straße gerade ein Verkehrsschild umgefahren und sagt, er schaut jetzt lieber, dass er weiterkommt!“

„Sehr interessant! Wem hast du denn das schon gezeigt?“

„Nur der Mama und dem Papa!“

„Eure kleine Tochter hat da mit ihrer neuen Kamera ein paar ziemlich peinliche Sachen aufgenommen!“, sagte der Großvater wenig später zu Julias Eltern.

„Ja, ja!“, entgegnete der Vater und lachte. „Zum Glück sind diese Sachen ja nur auf ihrer Kamera drauf, und bevor die Ferien aus sind und Julia ihre Bilder und Videos in der Klasse zeigen kann, werden wir sie wieder löschen!“

Dass die kleine Julia außer mit der Kamera auch schon mit Papas Computer ziemlich gut umgehen kann, weiß die Familie erst, seit man die peinlichen Videos im Internet anschauen kann. Auf Youtube sind sie derzeit der absolute Renner!

In öffentlichen Gebäuden ist es schon in Kraft, im Wirtshaus um die Ecke und sogar in Omas Wohnzimmer, das …

Rauchverbot

Die Gesundheitsminister haben es vielleicht nicht gewollt, aber inzwischen ist es so: die strikte Trennung von Rauchern und Nichtrauchern beginnt unsere Gesellschaft zu spalten. Das ist schon voriges Jahr deutlich geworden, als Oma zu Weihnachten plötzlich sagte: „Ihr könnt gerne alle wieder am Christtag zum Essen kommen, nur ich sag's euch gleich: In meinem Wohnzimmer wird ab sofort nicht mehr geraucht!"

„Aber deine Christbaumkerzen und das Räuchermännchen aus dem Erzgebirge qualmen ja auch!", protestierte Onkel Otto. Doch Oma bestand auf ihrem Rauchverbot, und als die Verwandtschaft wie üblich am 25. Dezember zu Mittag eingetroffen war, verkündete sie: „Wer unbedingt rauchen muss, geht in die Veranda!"

Nach einigen Diskussionen kam es daraufhin zur Gründung zweier Fraktionen: der RIG ‚Rauchen ist grauslich' unter dem Vorsitz von Oma und der von Opa angeführten AT, der ‚Alten Tschicker'.

Das Essen wurde noch gemeinsam eingenommen, aber gleich nach der Kardinalschnitte zogen sich die AT-Leute spontan in die Veranda zurück und verwandelten diese innerhalb weniger Minuten in eine Selcherei. Laut feierten sie ihre Unabhängigkeit, wobei sich vor allem für Opa die Gelegenheit ergab, einmal kräftig auf den Tisch zu hauen. Dabei erzählte er natürlich auch den Witz, den Oma so hasste: „Die Frau kommt zum Arzt und sagt: Was soll ich machen? Immer, wenn ich eine Zigarette rauche, werde ich schwach! Worauf der Arzt antwortet: Rauchen wir erst einmal eine, und dann schauen wir weiter!"

Die AT-Fraktion bog sich vor Lachen, während die RIG andächtig das nikotinfreie Wohnzimmer genoss. Nach einer Weile sagte Oma nachdenklich: „Ich möchte wirklich wissen, warum die da draußen so fröhlich sind!"

Aber auch in der Veranda wurde es allmählich stiller, und schließlich beklagte sich Onkel Otto, dass es mangels Heizung ziemlich kalt und ungemütlich war.

Gegen 15 Uhr kam es zur ersten heimlichen Kontaktaufnahme der gegnerischen Fraktionen. Opa wollte für die AT eine neue Flasche Wein organisieren, während Tante Gerti von der RIG noch Lust auf eine weitere Kardinalschnitte bekommen hatte. In der Küche trafen die beiden aufeinander, setzten sich hin und tranken den Wein miteinander. Bald kamen die anderen nach und wenig später herrschte rund um den Küchentisch eine gemütliche Stimmung, wie man sie bei diesem Familientreffen schon lange nicht mehr erlebt hatte.

Und dass Onkel Otto zwischendurch auch einmal eine Zigarette rauchte, störte nicht einmal Oma.

Manche Geschenke setzen voraus, dass sich der Beschenkte mit ihnen geistig auseinandersetzt und wenigstens die Bedienungsanleitung liest. Zum Beispiel die Gebrauchsanweisung einer digitalen …

WETTERSTATION

Walter freute sich sehr über seine neue Wetterstation. Auf zwei Kommastellen genau zeigte sie die Werte für Luftdruck, Innen- und Außentemperatur, erstellte Prognosen und berechnete die meteorologischen Durchschnittswerte der letzten Tage. Das Gerät bekam einen Ehrenplatz auf dem Buchregal.

Um ein Uhr sechsundvierzig, also mitten in der Nacht, wurde Walter durch ein hartnäckiges Piepsen aus dem Schlaf geholt. Didididit machte es ohne Unterlass aber doch so leise, dass Walter eine Viertelstunde brauchte, um der Ursache des Piepsens auf die Spur zu kommen.

Der Alarm kam aus der neuen Wetterstation im Wohnzimmer, allerdings fand sich nirgends ein Knopf, um ihn abzustellen. Walter legte das Gerät unter ein dickes Kissen. Zwecklos. Er verbannte es in die Küche, doch das Piepsen hatte eine Frequenz, die durch alle Türen drang.

Gähnend suchte Walter nach irgendeiner Weckfunktion. Wenn das Piepsen eine war, dann hatte sie ihren Zweck ja hervorragend erfüllt. Denn jetzt saß er im Pyjama frierend in der Küche und überlegte.

„Schluss aus!“, sagte er schließlich und nahm ganz einfach die Batterien aus dem Gerät. Endlich hörten die nervenden Töne auf, und Walter kroch wieder ins Bett.

‚Ich werd schon dahinter kommen, was dieses Didididit zu bedeuten hat!‘, dachte er und fiel in einen unruhigen Schlaf.

Übermüdet verließ Walter am nächsten Morgen das Haus und lag die darauf folgenden Tage mit einem komplizierten Beinbruch im Krankenhaus. Vor lauter Langeweile las er zum ersten Mal die Bedienungsanleitung seiner Wetterstation.

Das Piepsen war ein Alarmzeichen gewesen, das vor Frost und Glatteis warnen sollte.

Ist Ihnen auch schon aufgefallen, dass die Christbäume bestimmter Menschen jedes Jahr genau gleich aussehen? Auf Grund jahrelanger Beobachtungen getraue ich mich zu sagen:

ZEIGE MIR DEINEN BAUM, UND ICH SAGE DIR, WER DU BIST!

Sie haben …

… einen nadelnden Baum? Dann sind Sie ein vorausblickender Mensch, der den Baum schon zu einem Zeitpunkt gekauft hat, als die anderen noch nicht einmal an Weihnachten gedacht haben.

… einen lebenden Baum? Sie denken ökologisch und sparsam und überlegen allen Ernstes, ob man den Schmuck und die Kerzen nicht das ganze Jahr über auf dem Christbaum lassen könnte.

… einen schütteren Baum? Sie schätzen es, wenn zwischen den Astquirln genügend Platz für Zuckerln, Schokoladefiguren und Windbäckereien ist. Denn auf die kommt es Ihnen eigentlich an.

… einen buschigen Baum? Das umständliche Getue mit den kleinen Drahthakerln geht Ihnen auf die Nerven. Sie denken großzügig und umwickeln den Baum einfach mit ein paar hübschen Girlanden.

… einen schlanken Baum? Sie finden es zwar ganz reizvoll, wenn einmal im Jahr ein Baum im Zimmer steht, aber allzu viel Platz soll er nicht verstellen. Sie brauchen ihn dringend für sich selbst.

… einen breiten Baum? Sie besitzen wahrscheinlich keinen Fernseher, der von ihrem Christbaum verdeckt werden könnte, sind daher ein geselliger Mensch und schätzen einfach den tannengrünen Hintergrund.

... einen zu hohen Baum? Viele beneiden Sie um ihre unbefangene und erfahrungsresistente Spontaneität. Sie sind der Typ, bei dem auch im Restaurant der Appetit immer größer ist als der Hunger.

... einen klitzekleinen Baum? Weihnachten ja, aber nur auf dem halben Quadratmeter am Blumentischerl oder auf dem Klavier. Sie mögen den ganzen Rummel nicht und wollen einfach ihre Ruhe.

... einen regelmäßigen Baum? Geben Sie's zu: Sie sind der Typ, der an der Wand die Bilder gerade rückt und öfter einmal das Auto wäscht. Ohne Sie wäre unser Land nicht das, was es ist.

... einen unregelmäßigen Baum? Wenn Sie ihn nicht einfach nur deshalb gekauft haben, weil er billiger war, dann sind sie ein Mensch, der gesellschaftliche Zwänge nicht so gerne hat.

... gar keinen Baum? Warum lesen Sie dieses Kapitel dann überhaupt? Kaufen Sie erst einen Baum und dann reden wir weiter!

Ich hab lange darüber nachgedacht, aber ich weiß auch nicht, woher diese Redeweise kommt. Sicher ist nur, dass sie fast alle Jugendlichen verwenden:

Darf ich noch ein Cola?

Lena ist am Christtag mit ihren Eltern bei Oma und Opa zum Mittagessen eingeladen und fragt: „Darf ich noch ein Cola?"

Weil niemand reagiert fügt sie hinzu: "Darf ich bitte noch ein Cola!"

„Anschauen, aufzeichnen oder in den Blumentopf schütten?", antwortet Lenas Vater so wie immer, wenn seine Tochter das Zeitwort weglässt.

„Haben!", murmelt Lena genervt.

„Warum sagst du es dann nicht?"

„Weil es Zeitverschwendung wäre. Jeder weiß doch, was ich meine!"

Wenig später sagt sie: „Kann ich jetzt einen Kuchen?"

Diesmal fühlt sich Oma dazu berufen, pädagogisch aktiv zu werden.

„Lena, jetzt bist du schon zehn Jahre alt und redest noch immer nicht in schönen, ganzen Sätzen! Stell dir vor, du bist einmal groß, und dein Freund fragt ‚Willst du mich …?'. Dann möchtest du bestimmt auch gerne wissen, was er meint: besuchen, küssen oder vielleicht sogar heiraten!"

Lena verdreht nur die Augen und nimmt sich ihren Kuchen selbst.

„Alle Kinder sagen das heutzutage!", wirft Mutter ein. „Langsam glaube ich, dass sie es sogar so in der Schule lernen. Da kannst du zuschauen, wie die deutsche Sprache verkümmert!"

„Unser Deutschlehrer hätte damals einen Tobsuchtsanfall bekommen!“, ergänzt Opa. Dann hält er Oma seinen Nachspeisenteller hin und sagt: „Kann ich jetzt bitte noch ein Schlagobers?“

Geschenke machen Freude – aber manchmal auf ganz unerwartete Weise. Etwa hier …

Das Schlagzeug

Das Christkind hat dem Kevin ’bracht
ein Schlagzeug, dass es nur so kracht,
mit Becken, Trommeln, drum und dran,
damit er darauf toben kann.
Er hat es aufgestellt im Zimmer,
doch schon bald, da spielt er nimmer.
Jeder fragt sich, was ist g’schehn?
Und keiner kann den Bub verstehn.
Doch Kevin sagt: „Soweit ich denk,
war dies das schönste Weihnachtsg’schenk!
Denn weil Frau Meyer nebenan
das Schlagzeug nicht vertragen kann,
zahlt sie pro Woche, das ist viel,
fünf Euro, dass ich nicht mehr spiel!“

Manche Spielzeuge sind zwar für Kinder gemacht, erregen aber durchaus auch die Aufmerksamkeit der Erwachsenen. Ein Beispiel dafür ist …

DER HUBSCHRAUBER

Der kleine Jakob war diesmal so reich beschenkt worden, dass er die Übersicht verloren hatte. Da waren Bücher und CDs, ein Feuerwehrauto, ein Kinderfahrrad und was weiß ich. Unter all den Packerln befand sich aber auch eines, das sofort die Aufmerksamkeit von Jakobs Vater Karli erregt hatte.

„Von wem hat der Jakob denn das bekommen?“, fragte er seine Frau.

„Vom Garten-Opa, ich glaub, es ist ein Hubschrauber!“, antwortete sie.

„Ein richtiger kleiner Hubschrauber!“, wiederholte der Vater begeistert. „Der Jakob hat einen Hubschrauber bekommen!“

Auf dem Teppich kauernd las er den Text auf dem bunten Karton. ‚Geeignet für Kinder ab acht Jahren’, stand da. ‚Super-Reichweite durch Infrarotsteuerung.’

„Komm Jakob, schauen wir uns den Hubschrauber doch einmal genauer an!“, sagte er, doch in Wirklichkeit hatte er gar kein Interesse daran, die nächsten Minuten mit irgendjemandem zu teilen. Ganz allein holte er das filigrane Fluggerät aus der Verpackung und legte die Batterien ein. Ganz in der Ferne hörte er seine Frau, wie sie sagte: „Lass das doch den Jakob machen!“, aber das kam ja nun wirklich überhaupt nicht in Frage. So zerbrechlich, wie dieser Helikopter war, hätte Jakob bestimmt keine Freude daran gehabt.

Während die übrige Familie allmählich ans Essen dachte,

machte Karli den Hubschrauber startklar. Er stellte ihn auf den Boden, schob den Steuerknüppel auf Vollgas und verursachte damit einen allgemeinen Aufschrei. Der Helikopter war nach einem dreisekündigen Flug unsanft im Kripperl gelandet. Josef, Maria und die Heiligen Drei Könige kullerten durcheinander, aber jetzt war Karlis Ehrgeiz erst so richtig erwacht. Wenn dieser Hubschrauber angeblich für achtjährige Kinder geeignet war, dann musste das doch auch für ihn zu schaffen sein.

Und wirklich. Nach einigen weiteren harmlosen Bruchlandungen steuerte Karli den Helikopter souverän über den Esstisch, rasierte die Glatze vom Garten-Opa, taumelte über die Fondue-Saucen und versank nach einem letzten Aufbäumen im Topf mit dem siedenden Öl. Ein Kapitel der Fluggeschichte war zu Ende gegangen.

Und Karli musste ehrlicherweise zugeben: Viel schneller hätte Jakob diesen Hubschrauber auch nicht kaputt gemacht.

Haustiere, auch wenn sie völlig harmlos aussehen, sind oft klüger und gerissener als man denkt. Das gilt insbesondere für …

Kater Maxi

Maxi wusste gleich, dass etwas nicht in Ordnung war. Er saß zwar auf einer weichen Decke und wurde von der kleinen Hanna gestreichelt, aber die Eltern des Mädchens freuten sich offensichtlich gar nicht über ihn: eine kleine, schwarz-weiß gefleckte Katze, Onkel Walters Weihnachtsgeschenk.

„Das kommt gar nicht in Frage, dass wir den Kater behalten!", sagte Hannas Mutter. „Den geben wir gleich nach den Feiertagen wieder ins Tierheim zurück, wo er hergekommen ist!"

Da half auch Hannas Betteln und Gezeter nichts, und Maxi spürte, dass er die Angelegenheit selbst in die Pfoten nehmen musste.

In der Nacht auf den Stefanitag machte er sich heimlich auf den Weg. Durch einen Fensterspalt schlüpfte er zunächst in eine benachbarte Villa und löste dort die Alarmanlage aus. Der Schreck fuhr ihm in alle Knochen, und er flüchtete ins Gartenhaus einer alten Frau, die sich dort gleich mehrere Katzen hielt. Eine von ihnen sagte frech:

„Na, Schnurrliburlischatzikatzi? Auf dein feines Sheba wirst bei uns verzichten müssen!", und die anderen lachten dazu auf eine Art und Weise, sodass Maxi gleich wieder entfloh. Er versuchte noch in drei weiteren Häusern Familienanschluss zu finden, doch die einen hatten einen grässlichen Hund, die anderen keinen Platz und die dritten eine Allergie auf Katzenhaare.

„Zu blöd! Bei dieser kleinen Hanna hätte ich mich am wohlsten gefühlt!", murmelte Maxi vor sich hin und balancierte nachdenklich über eine schmale Gartenmauer. Er sprang auf die Garage von Hannas Eltern und kletterte von dort aus immer weiter auf's

Dach hinauf, bis er schließlich ganz oben auf dem Schornstein saß. Dann begann er herzzerreißend zu maunzen.

Hanna hörte es zuerst. „Der Maxi sitzt auf dem Rauchfang und kann nicht mehr herunter!“, rief sie aufgeregt, und bald standen nicht nur ihre Eltern auf der Straße, sondern auch die halbe Nachbarschaft. Alle schauten hinauf auf's Dach, wo ein kleines Kätzchen ganz offensichtlich um sein Leben schrie. Endlich kam die Feuerwehr und rettete Maxi unter dem Beifall der Bevölkerung.

„Wem gehört denn dieser entzückende Kerl?“, murmelte die Menschenmenge, aber da hielt ihn Hannas Mutter schon im Arm und rief: „Na so was, da ist ja unser Liebling, den wir schon so lange suchen! Jetzt bleibst du aber für immer bei uns!“

„Miaooh!“, antwortete Maxi erleichtert und meinte damit: „Na also, es geht doch!“

Angenommen, das was vor mehr als 2000 Jahren in Bethlehem passiert sein soll, wäre erst gestern geschehen. Dann stünde heute in der Zeitung:

ILLEGALE GEBURT IM STALL

In einem baufälligen Stall in Bethlehem ist eine illegal einquartierte Familie aufgegriffen worden. Unter den ganz zufällig entdeckten Personen befand sich auch ein Säugling, der erst vor wenigen Tagen zur Welt gekommen ist. Die Vaterschaft des Kindes konnte noch nicht geklärt werden, da die Mutter behauptet, das Baby vom Heiligen Geist empfangen zu haben. Ihr männlicher Begleiter, ein derzeit beschäftigungsloser Tischler, bestreitet jedenfalls, der Vater zu sein.

Neben der jungen Familie befanden sich in dem Stall auch noch einige weitere Personen, deren Identität bisher nicht eindeutig feststeht. Besonders rätselhaft sind drei Männer, die von den anderen als Weiße aus dem Morgenland bezeichnet wurden, obwohl einer von ihnen eindeutig dunkler Hautfarbe ist. Das Trio behauptet, von einem Stern nach Bethlehem geführt worden zu sein, sodass sofort eine internationale Fahndung nach einem Schlepper namens Stern eingeleitet wurde. Die Polizei räumt allerdings ein, dass es sich dabei auch um einen Decknamen handeln könnte.

Die Flüchtlingsfamilie hatte keine Ausweise bei sich, dafür aber etwas Gold, Weihrauch und Myrrhe, das dem Neugeborenen angeblich von den drei Weißen geschenkt worden war. Sie gab an, wegen der Volkszählung nach Bethlehem gekommen zu sein, und das wird derzeit überprüft. Sollte sich herausstellen, dass dies nicht den Tatsachen entspricht, droht der Familie eine Abschiebung nach Nazareth, woher sie angeblich gekommen ist.

Für Verwirrung sorgte während der Amtshandlung übrigens ein

kleines Mädchen mit aufgesteckten Engelsflügeln, das die Polizeibeamten bat, das Neugeborene mit seinen Eltern nicht weiter zu belästigen, da die Weltgeschichte sonst einen anderen Verlauf nehmen könnte. Mit einem fröhlichen ‚Hallelujah!' flatterte es schließlich davon.

Private Neuigkeiten erfährt man oft nicht direkt von der Person, die sie betreffen, sondern nach dem System der Stillen Post. Dabei handelt es sich bekanntlich um eine nicht sehr zuverlässige Art der …

NACHRICHTENVERBREITUNG

Lore an Gertrud:

„Stell dir vor, was mir gestern Blödes passiert ist. Ich hab völlig vergessen, dass der schöne neue Teppich unter'm Christbaum liegt, und jetzt sind lauter Wachsflecken drin. Ich weiß gar nicht, wie ich die wieder rauskriegen soll!“

Gertrud an Helga:

„Weißt du, was mir die Lore grad erzählt hat? Ihr schöner neuer Perser hat lauter Brandlöcher! Ich glaub, von den Wunderkerzen am Christbaum! Also die ist vielleicht verzweifelt!“

Helga an Marianne:

„Ich muss dir unbedingt erzählen, was gestern einer Freundin von der Gertrud passiert ist. Die hat einen Perser zu Besuch g'habt, und wie der a Wunderkerzen anzünden wollt, ist der ganze Christbaum in Flammen aufgangen! Mit einem Teppich hat sie ihn grad noch löschen können!“

Marianne an Steffi:

„Hast du's schon g'hört? Der Schwester von einer Bekannten is gestern die ganze Wohnung ausbrennt! Ihr Mann, der was ein Perser is, hat nur einen Teppich und a paar Wunderkerzen retten können!“

Steffi an Evelin:

„In der Zeitung les i grad, da soll die kleine Schwester von einem bekannten Perser aus einer Wohnung im zweiten Stock mit einem Fliegenden Teppich gestartet sein. Wie durch ein Wunder is ihr nix passiert! Unglaublich! Aber wenn' s in der Zeitung steht, wird' s schon stimmen!"

Es gibt spontane Menschen und solche, die ihr Leben akribisch verwalten. Tante Gerda gehört sicherlich zur zweiten Gruppe, und deshalb führt sie zu Weihnachten eine …

Geschenkeliste

Tante Gerda notiert stets ganz genau, was sie von wem bekommen beziehungsweise welche Geschenke sie daraufhin selbst gemacht hat. Das verhindert, dass sie zwei Mal dasselbe schenkt sowie eventuelle Pannen beim Weiterschenken. Außerdem schreibt Tante Gerda zu jedem Geschenk einen geschätzten Wert, sodass jeder immer gerade so viel bekommt, wie er selbst gegeben hat.

Dieses System hat stets wunderbar funktioniert, erst beim letzten Weihnachtsfest ist es ein wenig durcheinander gekommen. Die Tante sieht nämlich inzwischen gar nicht mehr gut, und so hat sie sich in ihrer Geschenkeliste um eine Zeile geirrt.

Cousine Emilie, die Tante Gerda zum Christkindl meist mit einem Badesalz abfertigt, bekam plötzlich eine Stehlampe und wusste natürlich überhaupt nicht, wie ihr geschah. Die Folge war, dass sie Tante Gerda besuchte und schließlich ein ausgesprochen freundschaftliches Verhältnis zustande kam.

Umgekehrt verhielt es sich bei Onkel Walter. Er, der seiner Schwester eine teure silberne Brosche geschenkt hatte, musste sich überraschenderweise mit einer Flasche Cognac begnügen. Er reagierte, indem er Tante Gerda endgültig für gaga erklärte.

Sehr zuvorkommend verhält sich dagegen Gerdas Nachbar, seit er von ihr einen hübschen Zimmerbrunnen bekommen hat. Spontan sägte er in seinem Garten den vier Meter hohen Nussbaum um, über den sich Tante Gerda wegen seines Schattens schon so oft beklagt hatte.

Die vertauschten Weihnachtsgeschenke führten jedenfalls dazu, dass die alte Dame seither in einem völlig veränderten sozialen Umfeld lebt, ohne dass sie selbst eine Ahnung hat, warum. Ich weiß es ja auch nur, weil ich die Geschenkeliste zufällig auf ihrem Küchentisch gesehen und daraus meine Schlüsse gezogen habe. Ich werde sie auf ihren Irrtum auch nicht aufmerksam machen. Denn Tanta Gerdas schlechte Augen machen Weihnachten erst so richtig spannend!

Man kann niemanden zu seinem Glück zwingen. Es gibt halt immer wieder Leute, die sind ganz demonstrativ …

WEIHNACHTSVERDROSSEN

Cool ist das, wenn einer spricht:
„Weihnachten, das mag ich nicht,
diese wilde Schenkerei
und Gefühleduselei!
Hält man mich vielleicht für dumm?
Es geht eh nur um Konsum!
Auch den Schnee mag ich nicht mehr,
denn er stört nur den Verkehr!
Kurz, wenn man's zusammenfasst:
Der Advent ist eine Last!
Andrerseits, so frag ich mich,
ist denn das nicht fürchterlich,
nichts scheint mehr so wie es war,
ist nur fad und austauschbar!
Gibt's denn nichts, was dann und wann
einen noch begeistern kann?"
Ich sag, wenn ich so was hör:
„Kommt mir jetzt nicht so daher!
Weihnachten, die Heil'ge Nacht,
kann nur sein, was man draus macht!
Und wer es halt gar nicht will,
lass es bleiben und sei still!"

Was gibt's Schöneres als Bewegung in der frischen, klaren Winterluft? Bei einer Scheeballschlacht oder beim lustigen, unbeschwerten …

SCHNEEMANN BAUEN

Wirklich nett und putzig war der Schneemann, den mein Nachbar mit seinen Kindern gebaut hatte, aber halt doch ein bisserl mickrig. Etwa ein Meter fünfzig groß, ohne Kopfbedeckung und Arme.

Es lag auf der Hand, dass wir auch einen machen mussten, der allerdings doch etwas prächtiger ausfallen sollte. Meine Kinder rollten die Kugeln, und ich setzte sie zusammen. Mit einiger Mühe hob ich den Kopf auf den Rumpf und dekorierte den stattlichen Kerl mit Kieselsteinaugen, Karottennase und einem Reindl als Hut.

Am nächsten Tag registrierten wir beim Nachbarn emsige Aktivitäten. „Na?", sagte ich zu ihm. „Tu ma noch an Schneemann bauen?"

Ohne mit dem Schneekugelrollen aufzuhören antwortete er: „Ja, die Kinder wollen unbedingt noch einen zweiten. Übrigens, Ihr Schneemann ist auch ganz nett!"

„Danke!", sagte ich und fand es unverschämt, meinen Schneemann als ganz nett zu bezeichnen. Außerdem fragte ich mich, warum er alleine schuftete, wenn doch angeblich seine Kinder so wild auf's Schneemann bauen waren.

Sein Manderl wurde ganz nett. Gut einen Meter größer wie meines und mit einem Besen ausgestattet. Es war ja lachhaft, dass er mich unbedingt übertreffen wollte, aber bitte, manche Menschen sind halt ein bisserl kindisch.

Meine Frau sagte: „Hol dir doch die Scheibtruhe vom Opa! Dann können wir zusätzlichen Schnee besorgen und einen noch größeren Schneemann bauen.“

Sie hatte Recht. Mit Hilfe der Scheibtruhe und einer großen Stehleiter entstand in wenigen Stunden harter Arbeit eine fünf Meter hohe, wirklich sensationelle Skulptur. Leider setzte bald darauf heftiges Tauwetter ein, das einem weiteren Wettkampf im Schneemann bauen ein natürliches Ende setzte.

Das ist gut so, denn meine Frau glaubt gehört zu haben, wie unser Nachbar schon mit einem Baggerfahrer und einem Gerüstbauer telefoniert hat. Zuzutrauen wär's ihm ja!

Renate hatte unlängst eine vom Ansatz her gute Idee. Zur Silvesterparty gab es köstliche …

BROTAUFSTRICHE

„Wir machen es uns heuer ganz gemütlich und feiern Silvester zu Hause!", sagte Renate zu ihrer Freundin Elsa. „Das ist doch viel gescheiter, als irgendwo in ein teures Lokal zu gehen. Ich schlage vor, ihr kommt mit euren Kegelfreunden zu uns, und wir laden dazu noch unsere Nachbarn ein!"

„Eine wunderbare Idee!", antwortete Elsa. „Ich mach einen Eieraufstrich, und ihr schaut, dass was zum Trinken da ist. Das genügt!"

„Dann mach ich noch meine Avocadocreme!", ergänzte Renate und verständigte ihre Nachbarschaft.

Frau Wutzelhofer versprach, ihre berühmte Thunfischbutter mitzubringen, Frau Wotruba ihr Verhackertes und Herr Blümel seinen legendären Bieraufstrich.

Am 30. Dezember gab es dann noch eine kurze Abstimmung mit Freundin Elsa. „Ich hab ja allen gesagt, dass wir schon genug zu Essen haben und keine unnötige Arbeit entstehen soll, aber die Wawerkas haben trotzdem angekündigt, einen Erdäpfelkäs mitzubringen, die Brettschneider macht einen Radieschenauftrich und die Frau Krumböck ihre Lachsbutter. Die Hemetsberger wollten ursprünglich eine Schnittlauchcreme beisteuern, aber ich hab ihnen gesagt, dass wir die schon haben und ein Kräutertopfen besser wäre!"

„Macht den nicht schon die Watzinger?"

„Die ist ja gar nicht eingeladen!"

„Also, falls sie trotzdem kommen sollte, sag ihr, sie soll einen

Pilzaufstrich mitnehmen!“

„Wo haben wir unlängst diese köstliche Wildpastete gegessen?“

„Keine Ahnung! Aber wenn du jemanden kennst, der sie machen kann, lad ihn ruhig ein. Auf einen Gast mehr oder weniger soll’s uns jetzt auch nicht mehr ankommen!“

Am Silvesterabend erschienen 52 Leute mit 28 verschiedenen Brotaufstrichen. So gesehen ein toller Erfolg, nur hatte leider niemand ans Brot gedacht …

Nicht alles was nach Vergnügen aussieht ist auch immer eins. Das gilt nicht zuletzt auch für das Abschießen von …

SILVESTERRAKETEN

„Diesmal kaufen wir zu Silvester keine Raketen!“, sagte Wolfgang zu seiner Frau Gaby, und sie pflichtete ihm bei:

„Das Feuerwerk haben wir doch eigentlich immer nur wegen der Kinder gemacht! Und die feiern ja heuer schon gemeinsam mit ihren Freunden!“

Wolfgang und Gaby freuten sich schon darauf, mit einem Glas Sekt in der Hand ganz einfach die Knallerei der anderen zu beobachten.

Um Punkt acht Uhr kam eine befreundete Familie auf Besuch.

„Nur herein in die gute Stube!“, sagte Wolfgang. „Den Plastiksack könnt ihr ja in der Garderobe lassen. Was ist denn da überhaupt drin?“

„Überraschung!“, rief der Besuch und zog aus dem Sack ein Bündel Raketen heraus. „Wir haben uns gedacht, wir sollten auch einen kleinen Beitrag zum Silvesterfeuerwerk leisten!“

„Super!“, rief Gaby leicht irritiert. „Wir wollten zwar heuer ... aber wenn ihr’s schon mitgebracht habt … der Wolfgang wird dann alles vorbereiten!“

Man aß und trank, und während die anderen eine Stunde vor Mitternacht mit einem lustigen Gesellschaftsspiel begannen, verschwand Wolfgang im Keller. Er suchte nach einem Rohr, das man als Abschussrampe verwenden konnte und zerlegte schließlich einen alten Staubsauger. Dann hielt er Ausschau nach einem Brett, an dem man das Feuer spuckende Sonnenrad befestigen konnte.

Einen Stock höher herrschte indessen fröhliches Treiben. Lachend und scherzend delektierte sich die Silvestergesellschaft an der Feuerzangenbowle, und dann begann die nächste Runde Activity.

Knapp vor zwölf kehrte Wolfgang aus dem Keller zurück, mit dem Abschussrohr, einem Brett und zahlreichen Abschürfungen, weil ihm ein ganzer Stapel alter Holzleisten auf die Füße gefallen war.

„Wo warst du denn so lange?", rief Gaby. „Jetzt müssen wir uns aber beeilen!"

Sie packte Gläser und eine Flasche Sekt zusammen, und dann begab sich die ganze Gesellschaft auf die Terrasse. Bis auf Wolfgang, denn der installierte auf der Wiese die Raketenrampe und das Sonnenrad.

Genau um Mitternacht zündete er den ersten Feuerwerkskörper. Im Trubel der Millionen anderen Raketen zerplatzte er unbeachtet am Himmel. Bald schmerzte Wolfgangs Daumen vom Anknipsen des verdammten Feuerzeugs, und nach einer Viertelstunde harter Arbeit war endlich seine ganze Silvestermunition verschossen.

Wolfgang blickte um sich und sah, dass er alleine war. Seine Frau hatte sich mit den Gästen längst wieder ins Haus zurückgezogen.

„Prosit Neujahr!", rief Wolfgang frustriert in die Nacht und bekam unerwartet Antwort. So wie er stand auch sein Nachbar Herr Pribil im Garten und hatte gerade die letzte Rakete abgeschossen. Auch er war zum Feuerwerker ernannt worden, und auch seine Familie war bereits wieder in der warmen Wohnung verschwunden.

„Kommen Sie doch rüber!", rief Herr Pribil. „Und feiern wir gemeinsam in unserer Gartenhütte. Da gibt's einen kleinen Ofen und natürlich auch was zu trinken!“

Die beiden hatten einen wirklich guten Rutsch ins neue Jahr und, bis sie ihren Familien endlich abgingen, auch schon einen ziemlichen Rausch!

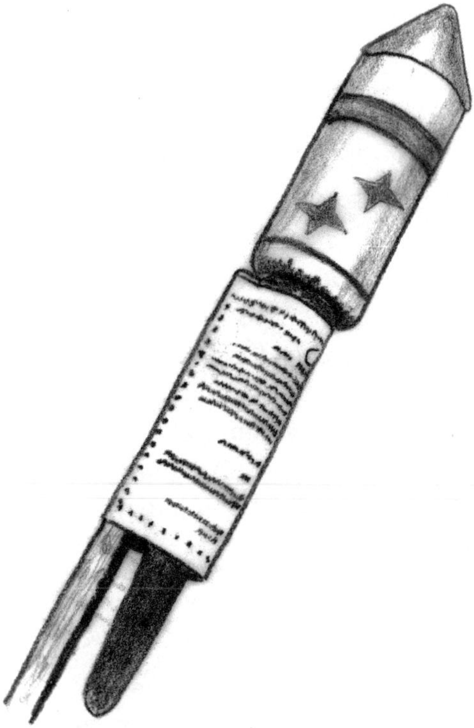

Der Besuch der Heiligen Drei Könige im Stall von Bethlehem ist eine Episode, die sich wahrscheinlich nicht genau so abgespielt hat, wie sie heute erzählt wird. Deshalb nehmen wir einmal an, es wären nicht die drei Könige gekommen, sondern …

DIE DREI FRAUEN

Wenn man der Legende glauben darf, dann haben die Heiligen Drei Könige dem Jesuskind einst Gold, Weihrauch und Myrrhe mitgebracht.

Man sagt, das wären zu jener Zeit wahrhaft fürstliche Geschenke gewesen. Weihrauch und Myrrhe sind kultische Räuchermittel, die man auch als Hausmedizin verwendet hat, und Gold war natürlich schon damals sehr wertvoll.

Trotzdem stellen sich da einige Fragen: Warum hat die Heilige Familie mit dem Gold nicht sofort den elenden Stall verlassen und ein Zimmer im besten Hotel von Bethlehem genommen? War das Gold nicht ausreichend oder hat der König nur erklärt, dass er irgendwann einmal welches schicken werde? Und waren Räuchermittel wirklich etwas, worauf die Heilige Familie in ihrer schwierigen Situation sehnlich gewartet hat?

Es ist nicht überliefert, mit welchen Worten sich Josef und Maria bei den Heiligen Drei Königen bedankt haben. Man kann sich aber vorstellen, dass es so etwas gewesen sein muss wie: „Das war aber wirklich nicht notwendig!“

Angenommen, die hohen Stallbesucher wären drei Frauen gewesen. Sie hätten bestimmt ganz andere Geschenke mitgebracht: einen Strampelanzug zum Beispiel, ein Paket Windeln und Spielzeug für Kinder von 0 bis 3 Jahren.

Bestimmt hätten sie gerufen: „Da schaut’s ja aus wie in einem Stall!“, die Tiere rausgeschmissen, mit Aufräumarbeiten begonnen und die herumlungernden Hirten auf's Dach geschickt, um dort die Löcher zu reparieren. Dann hätten sich alle zu einem gemütlichen Plauscherl zusammengesetzt, und schließlich wäre der Vorschlag gekommen: Wir passen einstweilen auf's Kind auf, und ihr beide macht euch einmal einen gemütlichen Abend!

Vor allem aber wären die drei Frauen, ob heilig, weise oder nicht, schon um einige Tage früher als die Heiligen Drei Könige da gewesen. Denn sie hätten nicht einfach nur stur auf den Stern geschaut, sondern ganz einfach nach dem Weg gefragt!

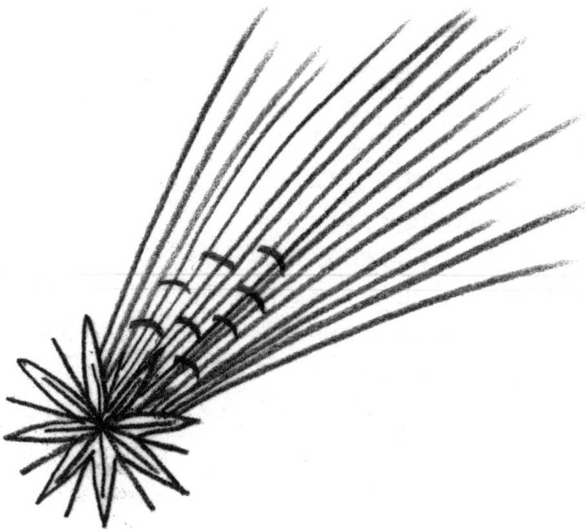

So wie man zu Weihnachten die Traditionen schätzt, so beginnt auch das neue Jahr immer gleich: Man fasst gute …

VORSÄTZE

Am ersten Jänner nimmt man sich
so vieles vor, ganz feierlich:
Dass man ab heut ein andrer ist
und diesen Vorsatz nie vergisst.
Am zweiten fragt man sich sodann,
ob man das nicht verschieben kann,
ein neuer Mensch zu sein geht doch
am dritten Ersten immer noch.
Am vierten Jänner nun, da wird
der neue Mensch schon reduziert.
Dass man jetzt alles ändert? Nein!
Das kann es aber auch nicht sein!
Da hat sich vieles doch bewährt,
und manches war nicht so verkehrt.
Am 5. Jänner fragt man sich,
was wollte man denn eigentlich?
Das Leben ist doch eh schon schwer,
mit vielen Zwängen ringsumher,
da wäre es nun doch gelacht,
wenn man sich's selbst noch schwerer macht!
So kommt's, dass am Dreikönigstag
schon keiner mehr was wissen mag
vom neuen Menschen, und er wird
ganz still und heimlich abserviert!

100

Die Feiertage rund um Weihnachten und Neujahr hinterlassen oft deutliche Spuren, wobei ich in diesem Fall das Körpergewicht meine. All die kulinarischen Köstlichkeiten, die man während dieser Zeit zu sich nimmt, werden vom Körper instinktiv gespeichert, weil er ja weiß, dass er sie nicht alle Tage bekommt. Und so sollen auch in diesem Buch einige Tipps nicht fehlen – zur …

GEWICHTSREDUKTION

Übergewichtigkeit ist in vielen wirtschaftlich florierenden Ländern der Erde ein großes gesundheitspolitisches Problem. Aber auch ganz privat führt jeder zweite Mensch einen stillen Kampf gegen unerwünschtes Körperfett. Was ist da nicht schon alles propagiert worden? Doch kürzlich hab ich in einem Bericht der europäischen Gewichtsreduktionskommission EU-Antiblad einen wissenschaftlichen Aufsatz gelesen, der alles bisher da gewesene revolutioniert. Ich möchte die darin veröffentlichten Erkenntnisse gerne an Sie weitergeben, denn sie sind ebenso verblüffend wie physikalisch einleuchtend.

Jeder weiß, dass man zum Erwärmen einer Substanz Energie benötigt. Nehmen wir also eine Speise zu uns, die kälter ist als unser eigener Körper, so muss Energie aufgebracht werden, um diese auf ein Temperaturniveau von 37 Grad Celsius zu heben. Selbige Energie wird durch Verbrennung von Körperfett gewonnen und – wir nehmen ab.

Schon eine Portion kalter Schweinsbraten oder ein großes Stück Torte aus dem Kühlschrank kann also zur deutlichen Gewichtsabnahme führen, erst recht natürlich ein Becher Speiseeis. Wer sich einen ganzen Sommer lang nur von Coup Dänemark, Birne Helene und Mozartbechern ernährt, wird sich wundern, wenn er im Herbst wieder auf die Waage steigt.

Falls Sie kein Freund von Süßigkeiten sind, empfiehlt sich der reichliche Genuss von kaltem Bier. Vereinfacht gesagt gilt nämlich folgendes: Um ein Gramm Wasser um ein Grad Celsius zu erwärmen, benötigen Sie rund eine Kalorie. Und daraus kann auch der mathematische Laie errechnen, dass der Körper bei einem Glas Bier mit 500 Gramm Inhalt und einer Trinktemperatur von null Grad fast 19.000 Kalorien aufbringen muss, um diese Menge Flüssigkeit auf 37 Grad Celsius zu erwärmen. Die dadurch bedingten Möglichkeiten der Gewichtsreduktion sind also gewaltig.

Übertreiben Sie es aber nicht, sonst können Sie nach einer zweimonatigen Kur mit kaltem Bier, Schweinsbraten und Eis nur mehr als Skelett in der Geisterbahn oder als Model auftreten.

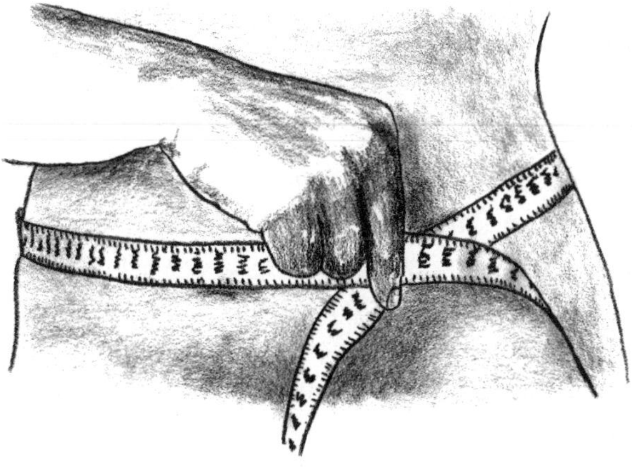

So, das wäre also mein neuestes weihnachtliches Werk! Eine Geschichte (die ich auch schon einmal in meinem Band 'Meissner für alle Fälle' erzählt habe) möchte ich Ihnen aber gerne noch mit auf den Weg geben. Sie gewährt einen Blick hinter die Kulissen eines Buchautors und handelt von genau diesem …

WEIHNACHTSBUCH

Es war wenige Tage vor Weihnachten, da beschlossen der Schriftsteller und sein Verleger, ein Weihnachtsbuch zu machen. Im nächsten November sollte es erscheinen, bis September mussten also die vereinbarten 66 heiter-besinnlichen Geschichten fertig sein. Der Autor überlegte: 66 Texte in 8 Monaten, das waren rund 1,9 pro Woche oder durchschnittlich 0,3 Geschichten pro Tag. Ganz leicht zu schaffen!

Schon in den Weihnachtsfeiertagen begann er mit der Arbeit. Er erinnerte sich, was er rund um dieses Fest selbst schon alles erlebt hatte, beobachtete intensiv seinen Bekanntenkreis und konzentrierte sein ganzes Beobachtungsvermögen auf weihnachtliche Pointen.

Das Wetter kam ihm sehr entgegen. Es schneite jeden Tag, und der Schriftsteller kam gut voran. Ende Jänner hatte er bereits 30 Texte geschrieben, und so belohnte er sich mit einer kleinen kreativen Pause. Sie dauerte bis Ende Februar, und als er wieder mit dem Schreiben begann, stellte sich auch das Wetter um. Der Schnee verschwand, und man spürte erste Anzeichen des Frühlings.

Ein halbwegs professioneller Schriftsteller lässt sich dadurch natürlich nicht beirren. Scheinbar mühelos schrieb er weiterhin Geschichten über Weihnachtsengel, Christbäume und Geschenke.

Erst Anfang Mai zeigten sich die ersten Anzeichen eines schöpferischen Burnouts. Die Freibäder hatten gerade aufgesperrt, es war ein warmer Tag, doch der Autor saß in der Badehose daheim im abgedunkelten Zimmer vor einem Adventkranz mit vier brennenden Kerzen. Er schrieb gerade an seinem 50. Text, einem zarten Gedicht über den ersten Schneefall, als er plötzlich aufsprang, das Fenster öffnete und den Kranz in den Garten warf. Dort landete er im Planschbecken seiner Kinder und richtete glücklicherweise keinen Schaden an.

Gott sei Dank wurde das Wetter bald wieder kühl und regnerisch, und der Schriftsteller konnte planmäßig weiterarbeiten. Im Juli fehlten ihm allerdings immer noch 10 Geschichten. Im Keller hatte er sich eine geschmückte Tanne aufgestellt, aus den Lautsprechern seines CD-Players plätscherten Weihnachtslieder, und hin und wieder läutete er mit dem Bescherungsglöckchen.

Am 1. August fragte der Verleger telefonisch nach, wie es denn um die Texte stünde und wunderte sich ein wenig über die seltsame Reaktion seines Autors. Der antwortete nämlich mit der Stimme des Weihnachtsmannes und sagte: „Hoho! Ich habe schon 60 Geschichten beisammen! Und es ist nur noch eine Frage von Jahren, bis ich auch die restlichen schaffe! Hohoho!"

Keine Frage, der Schriftsteller steckte in der wohl größten Schaffenskrise seines Lebens. Er ernährte sich nur mehr von Vanillekipferln, setzte sich in die Tiefkühltruhe und schlürfte hochprozentigen Punsch, doch am 31. August, dem Tag vor dem Abgabetermin, fehlte ihm immer noch ein Text. Ein einziger Text, aber der schien ein Ding der Unmöglichkeit zu sein. Sollte er etwas über die lustigen Abenteuer eines Vanillekipferls schreiben oder über die Plattfüße des Heiligen Nikolaus?

„Nein!", brüllte er. „Das Thema ist abgegrast! Schluss aus!" Und er donnerte dabei mit der Faust auf seinen Schreibtisch.

Die Erschütterung war so stark, dass aus dem angrenzenden Bücherregal ein kleiner Ordner zu Boden fiel. Er enthielt ein paar Jugendwerke des Autors, unter anderem ein ziemlich holpriges, naives Weihnachtsgedicht.

Und gerade dieses kleine Gedicht will das Publikum bei den Lesungen überraschenderweise am allerliebsten hören.

Liebe Leserinnen und Leser!

Ein Jahr geht zu Ende, in dem Sie bestimmt wieder vieles gelesen haben: Zeitungen, Briefe und Mails, Postwurfsendungen, Bedienungsanleitungen und vielleicht sogar das Produkt eines ernsthaften Dichters.

Aber als eines der letzten gedruckten Werke dieses Jahres haben Sie nun mein Buch ,Auch Engel lachen gerne weiter!' konsumiert. Das freut mich, denn so gehören die darin enthaltenen Geschichten zu den letzten Eindrücken, die Sie vom abgelaufenen Jahr in Erinnerung behalten werden.

Versuchen Sie, das beim Lesen hoffentlich da und dort aufgetretene Lächeln eine Weile zu bewahren. Sie werden es in den nächsten zwölf Monaten noch brauchen können. Und dann ist eh wieder Weihnachten!

Welcher Text eignet sich besonders für …?

	Seite:	Dauer:
Adventmarktbesucher	47	2’33
Adventmarktstandler	63	2’29
Alleinunterhalter	52	2’24
Allergiker	19	2’18
Aromatherapeuten	54	1’13
Ästheten	90	1’45
Beratungssuchende	59	1’47
Besserungswillige	142	0’48
Blödler	35	1’36
Blumenfreunde	44	0’30
Briefschreiber	61	1’54
Buchautoren	146	3’20
Bürokraten	67	1’56
Casting-Fans	49	3’20
Christbaumkäufer	33	2’26
Dauerfernseher	77	2’22
Draufgänger	22	2’12
Ehemänner	18	0’23
Ehrgeizige	133	1’48
Einfallslose	109	0’18
Feinschmecker	84	0’38

Kennen Sie auch schon den ersten Band der Weihnachtsgeschichten von Peter Meissner?

ISBN: 978-3-902447-17-3

Erhältlich im Buchhandel oder direkt beim Kral-Verlag (www.kral-verlag.at)

Hier eine kleine Leseprobe aus diesem Buch. Es geht darin um einige hochinteressante und aufschlussreiche …

BAUERNREGELN

„Was glauben Sie? Werd'n wir heuer weiße Weihnachten kriegen?"

„Da kann ich nur mit einer alten Bauernregel antworten:

Schneit's am dreißigsten November
ist am nächsten Tag Dezember!"

„Ja, ja, des san diese Lostage gellen S'? Andererseits muss man sagen:

Hat's auf einmal zwöf Grad plus
ist es mit der Kälte Schluss!"

„Man muss sich halt richtig anziehen! Und da gibt's den hilfreichen Spruch:

Fall'n vom Himmel weiße Flocken
nimmt man besser warme Socken!"

„So einfach ist es aber auch wieder nicht. Der Schnee kann ja wirklich zur Verkehrsbehinderung werden. Weil:

Bleibt im Schnee der Krampus stecken
sollt man schaufeln an der Ecken!"

„Das stimmt! Oft ist die Kälte ja beinah gefährlich. Es heißt doch:

Friert im Garten zu der Teich
z'reißt's die Wasserleitung gleich!"

„Da muss man s' halt rechtzeitig abdrehen! Die Tiere zum Beispiel haben so was im G'spür!"

„Wann man die Wasserleitung abdrehen muss?"

„Wann's Zeit is für'n Winterschlaf. Kennst net den Satz:

Haut's den Bären auf'n Hintern
ist es Zeit zum Überwintern!"

„Winterschlaf können sich die Menschen ja leider nicht leisten. Wir müssen rechtzeitig an Weihnachten denken:

Tut die erste Kerze brennen
fangen alle an zum Rennen!"

„Das Weihnachtsg'schäft wird ja jedes Jahr turbulenter. Und wenn's dann auf die Feiertag zugeht, decken sich die Leut mit Unmengen von Lebensmitteln ein. Da gibt's den Spruch:

Rund um jeden Supermarkt
ist der Parkplatz zugeparkt,
denn man sorgt sich sehr am End
dass man noch verhungern könnt!"

„Auch den Christbaum muss man besorgen! Aber man beachte:

Ist der Baum kahl zu Neujahr
weiß man, dass nicht frisch er war!"

„Der Fritz hat immer an besonders schönen Christbaum, aber da geht's auch nicht mit rechten Dingen zu!"

„Was meinst du?"

„Alte Bauernregel:

Schleicht der Fritz auf leisen Sohlen
hat er seinen Baum gestohlen!"

Auch aus diesem Werk eine kleine Geschichte, mit dem Titel …

Kompetente Vertretung

„Wo bitte find ich denn da das Zimmer vom Hofrat Wurstinger, wegen einer Baugenehmigung?“, fragte die Partei den Portier des Amtsgebäudes.

„2. Stock, Tür 217!“

„Danke!“

„Aber der Herr Hofrat Wurstinger ist auf Kur!“

„Wer vertritt ihn denn, wenn er net da ist?“

„Der Herr Amtsrat Geigenbichler!“

„Und wo ist der?“

„Auf Mallorca, in Urlaub!“

„Vertretung?“

„Oberrevident Graf!“

„Krank?“

„Dienstreise!“

„Und an wen soll ich mich jetzt wenden?“

„Normalerweise wär da noch der Revident Christel, aber der is auf Seminar. So kann ich Ihnen nur raten, gehn S’ zum Fräulein Pischinger!“

„Sagen S’ net, die is da!“

„Na selbstverständlich ist die da! Das Fräulein Pischinger macht ja schließlich die ganze Arbeit! Und, unter uns g’sagt, die is auch die Einzige, die sich mit Baugenehmigungen wirklich auskennt!“

. . . und ganz neu:

ISBN-13: 978-3-99024-048-9